徳間文庫

天の光

葉室　麟

JN170475

徳間書店

目次

救わで止まんじ——(十一面観音菩薩誓願)

一

鑿《のみ》で削るたびに木の香《か》が漂い、木屑《きくず》が散った。

さくり、さくりと木に食い込む鑿を持った手を清三郎はふと止めた。どことなく手ごたえが違うような気がする。刃先から応《こた》えてくるものがない。

清三郎は白い木肌に目を遣《や》り、かすかにため息をついた。仏の顔が見えてこない。

九州、博多の仏師高坂浄雲《こうさかじょううん》に十七歳で入門し、六年を経《へ》て二十三歳になる清三郎は、福岡藩の普請方《ふしんかた》五十二石柊《ひいらぎ》尚五郎《しょうごろう》の三男に生まれたが部屋住みの身では行く末が覚束《おぼつか》ないと仏師の道を志した。

浄雲は、鎌倉時代の仏師である運慶《うんけい》、快慶《かいけい》の流れをくむ慶派の仏師で、造仏する際の材は檜《ひのき》を多く用いるが、清三郎が向かい合っているのは樟《くす》だった。

もともと古代の飛鳥《あすか》時代には仏像を彫る材に芳香がある樟を用いていた。平安時代になると硬くて重い栢木《かやのき》が使われ、さらに鎌倉時代にかけて檜が用いられるようになったが、九州では樟で仏像を彫ることが多かった。

清三郎は木に仏性《ぶっしょう》を見出《みいだ》せないのは自分に力がないからか、それとも仏像の素材となる木に仏性を宿す歳月が足りなかったのか、と思いをめぐらした。

（いや、すべての木に仏性は宿っているはず。わたしの目が劣っているから見出せないのだ）

しばらく木目を見定めていた清三郎は、傍《かたわ》らに鑿を置いた。膝《ひざ》の上の木屑を払い、立ち上がる。戸口へ向かおうとすると、

「おい、どこへ行くんだ。それをほったらかしにするつもりか」

兄弟子の玄達《げんたつ》が咎《とが》める口調で呼び止めた。清三郎は振り向いて頭を下げただけで、何も言わずに背を向けて外へ向かった。玄達が舌打ちして、

「師匠の娘婿《むすめむこ》になれても、まだ跡を継《つ》げると決まったわけじゃないからな。のぼせあがっていると痛い目にあうぞ」

と悪態をつくのを清三郎は背中で聞いた。しかし仏師小屋から出て地面に黒々とし

た影を落としている大樟を目にしたとき、玄達の棘《とげ》のある言葉を忘れた。

うららかな春の陽光を受けて大樟の枝は青空に伸び立ち、葉がさやさやと鳴っている。

博多の祇園《ぎおん》町にある浄雲の工房に住み込んで修行している清三郎は制多迦童子《せいたかどうじ》を造るよう浄雲から言いつけられて彫っている。矜羯羅《こんがら》童子とともに不動明王に随侍《ずいじ》する二童子である。不動明王の制作を聚楽《じゅらく》寺から依頼された浄雲は、玄達に矜羯羅童子を、清三郎に制多迦童子を彫らせている。

制多迦童子は顔を紅蓮《ぐれん》の赤色に染め、頭髪を五つに束ねた五髻《ごけい》にして左手には金剛《こんごう》杵《しょ》、右手に金剛棒を持っている。矜羯羅童子が不動明王に仕える従順な従者で小心であるとされるのに比べ、制多迦童子は仏典で、

――悪性《あくしょう》の者
とされる。だが、清三郎には、悪性の意味がよくわからない。不動明王の脇に控えて真っ赤に怒りの表情を表すのは悪を憎むゆえだ。また、衆生《しゅじょう》を救おうとする不動明王の心を知らぬ者たちへの憤怒《ふんぬ》の心が制多迦童子にあるためだと思える。

仏の心をわかろうとせぬ者へ怒りを持つのを、たやすく悪性と言われてしまうのは、制多迦童子が哀れではないか。

清三郎はそんなことを考えてしまう。

浄雲を不動明王にたとえるならば、玄達は矜羯羅童子で、清三郎は制多迦童子と言えるかもしれない。浄雲が彫り上げた仏像を依頼した者が満足を示さないおり、清三郎は憤《いきどお》りを覚えて顔を紅潮させてしまう。そんな清三郎を浄雲は、

「さような顔つきは仏師のものではない」

と諭《さと》した。清三郎はおのれの激しい気性をもてあますことが往々にしてあったが、仏像を彫り始めると、すべてを忘れ、寝食すらなおざりに昼夜なく彫り続ける。

玄達には、そんな清三郎が目障《めざわ》りらしく、

「お前は彫ることに精進しているのではなく、淫《いん》しているのだ」

とよく詰《なじ》った。言われてみれば、清三郎もそんな気がして違うとは言い切れなかった。たしかに仏像を彫っている間、自分の心は昂《たか》ぶっている。まことの仏師はもっと落ち着いて静謐《せいひつ》な心持ちで鑿を手にしているのではないか、と思いはするが、実際に木に向かうと、清三郎の心は火がついたようになり、何もかも忘れてしまう。

清三郎は仏師小屋の近くにそびえ立つ大樟を見上げた。

大樟の葉の間から光がこぼれている。匂いやかな緑が木漏れ日にきらめく。清三郎は大樟に近づいて幹に手を当てた。目を閉じ、大樟を掌《てのひら》で感じ取る。

あたたかな温《ぬく》もりが伝わってきて、かすかな水の流れを感じた。地の深いところの水が根を伝い上がっている。

清三郎は心が弾んだ。地の底から湧《わ》いてくるものは水だけではない。いのちそのものが、暗い地中から光を求めてゆっくりと上昇しているように思える。

大樟の幹に当てた掌に少しずつ汗が滲《にじ》んできた。

その汗が幹に吸い取られて消えていく。心地よさを覚えながら、清三郎は自分の体が大樟に吸い込まれてしまいそうになるのを感じる。陶然とした思いでいると、

――清三郎さん

おゆきの声がした。清三郎ははっと我に返り、振り向いた。十八歳になる浄雲のひとり娘おゆきが微笑《ほほえ》んで立っていた。清三郎は三月《みつき》の後、おゆきと祝言《しゅうげん》をあげることになっている。

浄雲は三年前に妻を病《やまい》で亡くしており、家族はおゆきだけだ。清三郎は、いまもって、なぜおゆきと結ばれることになったのかわからないでいた。ある日、浄雲の居室に呼ばれ、

「おゆきの婿になれ」

と短く言い渡された。おゆきと言葉を交わしたことはあったが、特に親しんできた

という覚えはない。訝《いぶか》しく思って考えをめぐらすうちに、ふと思い当たることがあった。

去年の夏に入ってほどないころだった。この日、おゆきは浄雲から用を言いつかって福岡へ赴《おもむ》かなければならなかった。

福岡藩の城下町は福岡と呼ばれる。古くから貿易の港として栄えてきた博多とは中《なか》洲《す》の橋でつながっているが、博多は商人の町とみなされ、福岡に入る際は橋のたもとにある桝形門《ますかたもん》で番士に誰何《すいか》される。

若い娘は番士から露骨な言葉でからかわれることが多く、恥ずかしい思いをさせられる。それを案じた浄雲は、おゆきの供《とも》をするよう女中と清三郎に言いつけた。

清三郎は言葉少なくおゆきの供をしたが、橋を渡って石垣と白壁がめぐらされた桝形門にさしかかり、番士に近づいた際には前へ進み出て、

「御用仏師、高坂浄雲の家の者にございます」

と声をあげた。すると、若い番士の、

「おい、柊ではないか」

と応じる声が返ってきた。清三郎が何気なく見返すと、背が高くて面長《おもなが》の顔をした番士は、

「おれだ。牧忠太郎だ」

と名のった。清三郎の実家の近くに住んでいた幼馴染《おさなじ》みの男だ。遊び仲間での餓鬼《がき》大将で威張りたがりの男だが、根のところでは親切でおせっかいなほどだった。

清三郎が黙ってうなずくのを見た忠太郎は言葉を継いだ。

「お主《ぬし》は、仏師に弟子入りしたと聞いたが、まことだったのだな」

筒袖《つつそで》にカルサン袴《ばかま》を穿《は》いた清三郎の姿をじろじろと見まわした。

「もう、六年になる」

清三郎が仕方なく応じると忠太郎は口をゆがめた。

「六年、修行しても、たいして偉くはなっておらんようだな。どこぞの下男にしか見えんぞ」

「まあ、そんなところだ。別に偉くなりたくはない」

興味なさげな清三郎の返答を聞いて、忠太郎はちらりとおゆきに目を遣ってから声をひそめた。

「おい、実家には寄らぬのか。親父《おやじ》殿が倒れ、長男の新蔵《しんぞう》殿は病がちだそうで、大変らしいぞ」

清三郎は忠太郎の問いに答えず、通りましてもよろしいでしょうか、とよそよそし

い口調で言った。忠太郎が顔をしかめて、

——通ってよし
と声をあげると、三人は門をくぐって歩き出した。しばらくしておゆきが不意に言葉をかけた。

「もし、ご実家に寄りたいのでしたら、わたしが用事をすましている間に行ってもいいのですよ」

おゆきは忠太郎との話を聞いていたらしい。だが、清三郎は頭《かぶり》を振った。

「実家には寄りません。わたしは食い扶持《ぶち》を減らすために外へ出されたのですから、いま家に顔を出しても迷惑がられるだけです」

「でも、お父上がお悪いそうではありませんか」

心配そうに言うおゆきに、清三郎は硬い表情で答えた。

「貧乏な家には、苦しいことがいつも起きます。逃れようはないのです」

父親の尚五郎の顔を清三郎は思い浮かべた。

無口で家族に声をかけることすらめったにない父親だったが、体だけは頑健で勤めに精励しているとばかり思っていた。病に倒れたと聞くと暗澹《あんたん》とした思いになる。

尚五郎が病床に伏したのであれば、長兄の新蔵が家督を継いだと思われるが、幼いころより虚弱だったから、まともに御役につくことはできないだろう。となると、お役料も入らず、暮らしがひっ迫するのは目に見えていた。

（だが、仏師の弟子に過ぎないわたしにはどうすることもできない）

清三郎は、おそらく暗い家の中でため息をついているであろう母親のやつれた顔を思い浮かべた。ふと、仏師は木の中に仏性を見出そうとするが、本来、ひとに仏性は宿っているはずなのに、苦労ばかりの人生を歩む者が多いのはなぜなのだろう、と考えた。

そんなことに思いをめぐらしながらおゆきの先に立って歩いていると、

「清三郎さん、道が違います」

おゆきが呼びかけた。はっとして振り向いた清三郎におゆきはにこやかに微笑んで、辻《つじ》の角で足を止めている。考え事にふけって、曲がらなければならない辻を見落としていたようだ。

「申し訳ございません」

あわてた清三郎が頭を下げて戻ると、おゆきは本来の道に足を進めた。そのとき風が吹き寄せておゆきの着物の袖が翻《ひるがえ》り、よい香りが漂った。清三郎はうっとりとしながら、おゆきの後にしたがった。

おゆきと多く言葉をかわしたのは、このおりだけだった気がする。ほかに思い当たる節《ふし》がないだけに、浄雲がなぜ清三郎を婿にしようと思い立ったのか首をかしげざるを得なかった。しかし貧乏下士の倅《せがれ》にとって藩の御用仏師である浄雲の娘婿になることは願ってもない幸運と言えた。

先輩格の弟子たちをさしおいて婿に望まれれば周囲の妬《ねた》みは強い。特に兄弟子の玄達は、

「清三郎め、お嬢様をうまいことたぶらかしやがった」

と陰で罵《ののし》った。玄達にしてみれば、仏師としての腕は清三郎に勝っていると思っており、自分を飛び越しておゆきの婿に納まる清三郎に妬ましさを覚えるのも無理からぬことだった。清三郎も自分が婿に望まれたのに不審を抱《いだ》き、浄雲に訊《き》いたことがある。そのおり浄雲は、

「お前は悪性だからな」

とひと言答えただけだった。制多迦童子と同じ悪性を持っていると言いたかったのだろうか。そうであるならなおのこと自分が選ばれたのがわからないと清三郎が考え込んだ。すると浄雲は、

「仏はな、まことに会いたし、と思う者の前にしか姿を現されぬ。悪性であるお前に

は、いつか仏に会いたいと心底、願う日がくる。それゆえ、わしの跡継ぎにふさわしいのだ」

と淡々と語った。悪性ゆえに仏師に向いているのだという浄雲の教えに清三郎は胸をつかれた。

（この世の悪《あ》しきものから逃れたいと思った者だけが仏を見ようとするのだ）

仏師として生きるのは、自らの内にある仏を見出そうとすることにほかならないのではないか、と思い至った。それゆえに、まずは木の中に仏を見出したいと思っているが、いまだにできずにいる。このままでは鑿を持つわけにはいかない、という恐れにも似た思いの中に清三郎はいた。

仏師小屋から気儘《きまま》に出てきて、おゆきと会っているところを玄達に見られたら、何と言われるかわからない、と清三郎はあたりを見回した。だが、すぐに気を遣《つか》ってもしかたがない、と思い直した。

清三郎の婿入りを不満に思う玄達は、同じような不平を言い立てる弟子の何人かと語らって、浄雲の門下から出ていこうとしている気配があった。

玄達はじめ腕のいい門人たちが抜けると浄雲に痛手であるのは目に見えている。しかし、浄雲は玄達のひそかな動きを知らぬはずはないのに、何も言わずにいた。

自分が気にすることではない、と清三郎は素知らぬ顔をしていたが、そのことが却《かえ》って、玄達を苛立《いらだ》たせているようだ。

清三郎はやや困惑した顔をしておゆきを見つめた。おゆきは恥じらいを含んだ笑みを浮かべて、

「清三郎さん、この間、作ってくださいとお願いしたものはできましたか」

と訊いた。清三郎は一瞬、何の話だろうと思い出せずにいたが、間無《まな》しに十日ほど前に、掌に入るほどの小さな観音像を作って欲しいとおゆきから言われたことを思い出した。

清三郎はあわててふところをまさぐり、小振りの観音像を取り出した。制多迦童子を彫る際に樟の一部を取り置いて、二、三日、夜なべをして彫り上げたものだ。

小さくはあるが、観音菩薩《ぼさつ》像のすっきりとした御顔とまろやかな立ち姿がよく彫れたと自分ながら思っていた。燭台《しょくだい》の灯《あか》りに近づけて彫り上げた観音像の顔をあらためて見たおりには、

——おゆきさんに似ている

と思った。そのことは言わずに、清三郎は黙って観音像を差し出した。満面に笑みを浮かべておゆきは受け取った観音像を高く捧《ささ》げ持ち、日の光に当ててため息をつい

た。

「観音様がとてもきれいなお顔をしていらっしゃいます」

おゆきの言葉に、清三郎は思わず、

「あなたに似ています」

と言いそうになって、あやうく口を閉ざした。

なぜかはわからないが、口にしてはいけないような気がした。おゆきは自分ひとりの観音様なのだから言葉にしなくてもいいのだ、と思った。

「――おゆきさん」

日頃、口が重い清三郎が名を呼びかけてくれたとばかりに、おゆきは嬉《うれ》しげに顔を向けた。何を言ってくれるのだろう、とおゆきは待ち受ける顔をした。だが、清三郎はそれ以上、話すことができずに黙り込んでじっとおゆきを見つめるだけだった。

（何も言わないでもわかってもらえるだろう）

そう思いつつ清三郎は春の光の中で立ちつくしていた。

清三郎とおゆきの祝言はこの年の夏に行われた。

祝言が近づいたある日、玄達は浄雲の門人三人をともなって出奔《しゅっぽん》した。浄雲の工房は火が消えたように活気が失われたが、以前と変わらず、静かに鑿を振るう清三郎の姿があった。

二

一年が過ぎた。

仏師小屋には玄達が抜けた穴を埋めるように、新しい弟子が入り、清三郎が高弟として教える立場になった。

そのころから、清三郎は前にも増して無口になった。新しい門人が教えを請うと、言葉少なに応じはするが、懇切丁寧ではなかった。それに不満を覚えた弟子たちは教わろうとはしなくなり、清三郎はまたしても仏師小屋で孤立したが、その様《さま》を黙って見ていた浄雲は何も言わなかった。

清三郎は黙々とひとり仏像を彫り続けた。古参の門人からこのことを聞いたおゆきが思い余って、

「新しく入ったお弟子の方々には、やさしく教えたほうがよくはありませんか」

と控えめな口調で言った。とたんに清三郎は顔色を変えた。

「おゆきもわからないのか——」

清三郎の剣幕に驚いたおゆきは、手をつかえて謝った。

「出過ぎたことを言いました。申し訳ありません」

清三郎は大きくため息をついて心を鎮《しず》めてから話し始めた。

「わたしはいまの工房の仕事より、ほかにやりたいことがある」

清三郎の言葉に、おゆきは目を見開いた。

「ほかにやりたいことって何でしょうか」

「頂相《ちんぞう》をやりたい」

頂相とは高僧の生前の面影を生けるがごとく写し取り、没後は安置して仏像同様に礼拝する像をいう。

「この工房で頂相はできないのでしょうか」

「なんといっても京仏師に頂相のよいものがある。わたしは京に出て院派に学びたいと思っている」

平安時代に平等院鳳凰堂《ほうおうどう》の阿弥陀如来《あみだにょらい》像を造り、名を高くした定朝《じょうちょう》に始まる仏師の流れがある。定朝の弟子とも言われる長勢《ちょうせい》を祖とし、清水寺の別当職に補任《ぶにん》されるも興福寺の反対で断念したという円勢《えんせい》が後継者となった円派は〈定朝様《よう》〉と称される定朝の技法を忠実に引き継いで隆盛した。

これに対し、定朝の実子を師とした院助《いんじょ》をもって創始者とする院派は当初、円派に押されたが、院覚《いんかく》、院朝《いんちょう》などの優れた仏師を出して興隆した。

この二派に対して、藤原氏の氏寺《うじでら》である興福寺に仏所をかまえた奈良仏師から運慶や快慶が出て鎌倉時代の様式を確立し、慶派と称されるようになった。

清三郎は慶派の仏師であったが、このころ京で、〈洛陽大宮方上之大仏師《らくようおおみやかた》〉と称する、

――吉野右京《よしのうきょう》
という仏師が頂相制作に腕を振るっていると伝え聞いたことから京仏師に関心を抱いた。右京の頂相は鎌倉時代の仏像を思わせて写実に優れ、

「生前そのままでありながら、しかも光彩陸離《こうさいりくり》としている」

などと言われていた。清三郎が何よりも学びたいと思ったのは、右京の仏像が実際のままに写し取って、まるで生き写しだと聞いたからだった。

「師は木に潜む仏の像を彫り出すのが仏師の仕事だと仰《おお》せになったが、わたしは木の中に仏の姿を見ることができないでいる。ただ、これまで見知った仏の像に似せて彫っているに過ぎない。これでは職人であっても、仏師とは言えない。だからわたしは

新たな門人たちに教えることができないのだ。仏師の技は教えられても、伝えるべき仏師の心がないからだ」

清三郎は苦渋《くじゅう》の表情を浮かべて日頃になく多くを語った。思い煩《わずら》う胸の裡《うち》を打ち明けられたおゆきは、戸惑いを覚えつつ遠慮がちに言った。

「仏師の心を学びたいと思われるのでしたら、何も京へ行かれずとも父に教わればよいのではございませんか」

「いや――」

清三郎は言葉を濁した。浄雲は得度《とくど》して頭を剃《そ》っており、その挙措《きょそ》には高僧の趣《おもむき》があった。福岡藩家中《かちゅう》のひとびとからも尊崇を集めている。

しかし、清三郎は心ひそかに、師はまことに木の中に仏を見ておられるのだろうか、という疑いを抱いていた。

寺院から仏像制作の依頼があると、浄雲の作業は一日も滞りがなく、弟子たちは戸惑うほどだった。いっさい逡巡《しゅんじゅん》することなく浄雲は仕事に取り組み、仏像ができあがってもさほどの感慨を抱く風でもない。筒袖とカルサン袴についた木屑を払って静かに屋敷に戻るだけだ。

浄雲は日頃から声を荒《あら》らげたことがなく、弟子を叱りもしなかった。近頃では清三郎が彫った仏像にちらりと目を走らせてうなずくだけで、できているとも、悪いとも言わなかった。

それが清三郎には物足りなかった。仏師として自らの技量がどれほどのものなのかわからなかったし、さらには仏像を彫るおりの心構えが自分につかめているのかすらわからない。ただ、十七歳のころから身につけた技法で代わり映えもしない仏像を作っているだけのような気がした。

仕事に入ると誰も寄せ付けず、一心に打ち込むほどに、彫り上げた仏像をつくづく眺めて、

――何かが足りない
と感じる虚《むな》しさは言い様がなかった。いまにして思えば祝言をあげる前におゆきに彫ってやった小振りの観音像がもっともできがよかったとさえ思える。

あの観音像にはおゆきを思う心がこもっていた。それに気づいたとき、清三郎は頂相を彫ってみたい、と考えるようになった。

仏性はひとからの方が感じ取れるのではないか。高僧と敬《うやま》われるひとびとが持つ仏性を写し出せば、木に潜む仏性も見えてくるはずだと考え及んだ清三郎はたまらず口にした。

「わたしは京へ上《のぼ》りたい」

清三郎の言葉を、おゆきは悲しい思いで聞いた。

博多で自分と暮らしても、知見の目は得られないと言われた気がしてせつなくなりはしたが、仏師の娘であるだけに、おゆきは京で修行したいという清三郎の願いを聞き流すことはできなかった。

「では、父に許しをもらって京へ上られますか」

「そうだな」

清三郎は腕を組んで考え込んだ。清三郎が京へ上りたいと願い出て、はたして許してくれるだろうか、と思いをめぐらせば、

――ならぬ
という浄雲の寂《さ》びた声音《こわね》が耳もとで聞こえた気がした。慶派である浄雲は、跡継ぎと定めた清三郎が京仏師に入門することを許さないに違いない。それでは、自分はいつまでたっても真の仏像を彫ることがかなわない。

(このままだとわたしは木偶《でく》人形を彫る職人でしかない)

清三郎は焦《あせ》りを覚えた。そんな清三郎の顔をおゆきは不安げに見つめている。

燭台の火がじじっと音を立てて揺らめいた。

翌日の昼過ぎ、清三郎は仏師小屋で仏像を彫っている浄雲の傍らに膝を正して座り、手をついて京へ上らせてほしいと願い出た。清三郎の言葉をほかの門人たちも耳にして、ぎょっとした顔になった。

浄雲は静かに鑿《のみ》を置き、立ち上がって清三郎に外へ出るよううながした。大樟《おおくす》の根元へ浄雲は清三郎を誘った。曇天の空へ大樟は枝を高くしている。

「なぜ、京へ上りたい」

浄雲は大樟を見上げながらぽつりと訊いた。

「わたしは、いまだ木の中に仏を見ることができずにいます。ひとの仏性を見てこそ仏を彫ることができるのではないか、と近頃思うようになりました。京仏師の頂相の技を学び、修行いたしたく存じます」

清三郎が思い切って言うと、浄雲はゆっくりと清三郎に顔を向けた。頬《ほお》がこけて深くしわが刻まれた顔の両目は針のように鋭い光を発している。その厳しい眼差《まなざ》しに、清三郎はひやりとして顔がこわばった。

(師匠は怒っておられる)

清三郎がうつむくと浄雲はしわがれ声でつぶやくように言った。

「やはり、お前は悪性だな。わしとおゆきを捨てるつもりか」

思いがけない言葉をかけられて清三郎ははっと顔を上げた。

「とんでもないことでございます。わたしは五年、いえ三年でもよいのですが、京で修行して参りたいと思っているだけです。師匠やおゆきを捨てようなどとは毛頭考えておりません」

「考えていなくとも、お前が京へ上るのであれば、そういうことになる。お前は仏師としての名声が欲しくて、わしらを捨てることにためらいがないようだ」

浄雲の言葉が雷《いかずち》のように清三郎の耳をうった。

「違います。わたしは決してさようなことは思っておりません」

必死に説く清三郎の胸に向けて、浄雲はすっと手を上げて指差した。

「そこに制多迦童子がおるのが、わしには見える。荒々しくおのれが正しいと思う道のみを見て、まわりの者に思いをいたす心がない。まことに悪性である」

言うなり踵《きびす》を返した浄雲は仏師小屋に向かって歩き出した。

——師匠
清三郎が追いすがるように声をかけると、浄雲は立ち止まって背を向けたまま応じた。

「京へ行きたければ、勝手に行くがよい。ただし、破門は覚悟せよ。ここを出ていくからには、もはや師でもなければ弟子でもない。おゆきとも離縁になり、ここには戻ってこれぬ」

浄雲の厳しい言葉に息を呑《の》みつつ、清三郎は懸命に言った。

「仰せであれば、破門はいたしかたございませぬが、おゆきとは夫婦のままでいたいと思っております。おゆきが別れたいと言うまで、わたしどもは夫婦でございます」

「そのようなわけにはいかぬ。手中にないものを得ようとすれば、手にしているものを失うは道理だ。失った後になって持っていたものの大事さに気づいても遅い。もはや元に戻りはせぬ」

浄雲は振り向かずに仏師小屋へ戻っていった。浄雲の背を目で追いつつ、清三郎は言葉もなく立ち尽くした。

雲が低く垂れこめた空から、ぽつりぽつりと雨が降り始めた。

寛文《かんぶん》三年（一六六三）一月――

清三郎は博多を出て京へ向かった。それまで何度となく上京を許してくれるよう願ったが、浄雲は遂には口もきかなくなった。このままではらちが明かないと思った清

三郎は、おゆきに、

「三年たったら、京での修行を終えて戻ってくる。そのおりに師匠にはあらためてお許しを願うつもりだから、その間、待っていてくれないだろうか」

と言った。おゆきは困惑しながらも気丈に訊いた。

「三年たてば必ず戻ってきてくださいますね」

「戻ってくるとも。京と博多で離れ離れに暮らそうが、わたしとそなたが夫婦であることに変わりはない。待っていてくれるか」

「お待ちしています」

おゆきはけなげに答えた。

必ず帰ってくるからと、清三郎は何度も言い置いて寒気が厳しい霙《みぞれ》が降る日に京へ旅立った。二月に、まだ底冷えする京に入った清三郎は、ひとまず宿に落ち着いてから知り合いに紹介された室町通仏光寺下ル《むろまちどおりぶっこうじさが》に住んでいる仏師愚斎《ぐさい》を訪《たず》ねた。

訪れた愚斎の家は築地塀《ついじべい》の方々が崩れ落ち、門扉ははずれかけてひとが住んでいるようには見えない屋敷だったが、貧しい仏師の屋敷はこんな風だと知っている清三郎は驚きもせずに用心しながら門をくぐり、訪《おとな》いを告げた。

しばらくたっても、家の中から応えはなく、やむなく清三郎は門脇の枝折戸《しおりど》を開けて、中庭にまわった。庭から声をかけようと、顔を向けた清三郎の目に、広縁《ひろえん》に寝転がっている男が見えた。寝ているらしい男は白髪《しらが》交じりの頭に烏帽子《えぼし》をかぶっている。色が黒くて鼻梁《びりょう》が高く、顎《あご》がとがった猛禽《もうきん》のような顔をしていた。

清三郎はおそらくこの男が愚斎だろうと思い、

「お頼み申します」

と声をかけた。だが、男は目を閉じたまま動かない。男の耳には届いているはずだと思いつつ、清三郎は声を張り上げた。

「わたしは博多の仏師高坂浄雲の門人にて柊清三郎と申します。このたび、京にて修行いたしたいと思い立ちまして、博多から出て参りました。門人の端にお加えくださ い」

男は薄目を開けたが、仰向《あおむ》けになったまま、清三郎を見もしないで、

──うるさい

と底響きのする声で言った。清三郎はすかさず、

「入門をお許しくださいますか」

と話を続けた。男は思った通り愚斎だったようで、じろりと清三郎に目を向けて言い放った。

「ここにいたければ、勝手にいろ。しかし、仕事はないゆえ、飯は食えぬぞ」

清三郎は、愚斎の言葉を小さい声でおうむ返しに口にして首をかしげた。愚斎は右京門下で俊才の誉《ほまれ》が高く寺社から引きも切らず依頼があると聞いていたので不審を抱いた。

「仕事がない？」

愚斎はゆっくりと身を起こすと胡坐《あぐら》をかいた。

「わしが流行《はや》りの仏師だと聞いて門人になろうと訪ねてきたのだろうが、それはこの間までの話だ。わしは師匠をしくじり、破門された。だから、仕事もなくてこんなあばら家に住む破目に陥《おちい》った。大勢いた門人も散ってしまったから、いまさら入門しても何の得にもならぬぞ」

「どうして師匠をしくじられたのですか」

立ち入った話を訊くのは憚《はばか》られたが、清三郎が思い切って訊《たず》ねると愚斎は苦い顔になった。

「わが師匠の仕事があまりに見事でな。それが妬ましゅうてならず、悪口を言ったのだ」

「どのような悪口を申されましたのでしょうか」

立ち入り過ぎるとためらいながらも清三郎は訊かずにはいられなかった。愚斎も、自分と同じ悪性のひとなのではないか、と思った。

「師の彫られる頂相はいずれも際立って優れておる。相国寺《しょうこくじ》の夢窓疎石《むそうそせき》像、龍安寺《りょうあんじ》の特芳禅傑《とくほうぜんけつ》像に細川勝元像、さらに大徳寺の実伝宗真《じつでんそうしん》像。いずれもひととなりを活写し、しかも仏の荘厳《そうごん》さを備えている」

「さようでございましょうな」

伝え聞く右京の頂相ならば、そうに違いないと清三郎は深くうなずいた。

「そして、いま師匠が取り組んでおられるのが妙心寺中興の祖である雪江宗深《せっこうそうしん》様の頂相だ。この像ができあがるのはまだ先であろうが、わしはでき映えの見事さが目に浮かぶような気がする。穏やかながら禅僧の気迫を十分に伝えたものとなるはずだ」

雪江宗深は臨済宗の禅僧で、応永十五年（一四〇八）に生まれ、管領《かんれい》細川勝元の支援を受けて中絶していた妙心寺の再建復興に尽力した。文明十八年（一四八六）六月二日、七十九歳で没している。

愚斎は何を思うのか、苦々しげな口調で言った。清三郎はひと目を気にせずに心の裡《うち》を面《おもて》に出す愚斎に面白みをおぼえ微笑みながら訊いた。

「立派な頂相ではいけませせぬか」

「いかぬな」

愚斎は大きくため息をついて、また横になった。

「わたしには、いずれもすばらしい頂相のように聞こえましたが」

「だからだ。お主は妙だとは思わぬか」

「何がでございましょう」

清三郎は首をかしげた。愚斎は寝転がったまま言った。

「まことの仏ならば徳をことごとく備え、円満解脱《げだつ》の面持《おもも》ちをしておられるであろう。しかし、ひとはどうであろう。伝え聞くところによると、いかなる高僧にも、傲慢《ごうまん》、吝嗇《りんしょく》、貪欲《どんよく》、偏狭など徳に欠けたところがあるというぞ。なるほど高僧なれば学識に富み、修行も怠りないであろうが。とはいうても、ひとの悲しさで踏み迷うところがないとは思えぬ。ひとを彫るのであれば、さような迷いも彫らねばならんのではないか、とわしは言うたのだ」

高僧であろうと、ひととしての悪徳をまったく持たないわけではないだろう。それをも、余すところなく彫ってこその頂相ではないか、と愚斎は言いたいようだ。

「もっともなお話だとわかるような気がいたします」

「嘘《うそ》を言うでない。それほどたやすくわかるものではないぞ。わかれば仏師などやってはおらぬ」

愚斎はからりと笑った。

「いえ、わたしは師から木に仏性を見よ、木の内にある仏性を彫り出すのが仏師の技だと言われましたが、どう見ても木に仏性は見えませんでした。それでも、ひとの中に仏性はあるはずだと思いまして、頂相の技を学びたいと京に出て参ったのです」

清三郎が淡々とした口振りで告げると、愚斎はむくりと起き直った。

「なるほど、われらは仏師でありながらいまだ仏性を見ざる者同士というわけだな」

「信じられぬのは、信じたいと思っているからではございませんでしょうか。わたしは木に仏性を見たいと思い、愚斎様は高僧に見たいと願っておるのではありますまいか」

考えつつ清三郎が言うと、愚斎はにやりと笑った。

「利《き》いた風なことを言う男だ。わしのところにいれば、それが見えると思うか」

「見なければ気のすまぬ方だと拝察いたし、おそれながらわが師と仰ぐべき仏師とお見受けいたしました」

清三郎が真剣な面持ちで言うと、愚斎は大きくあくびをした。そして、空を見上げながら、

「いたければ勝手にいろ。もし木やひとに仏性があるのであれば、いずれは見ること

になろう」

　とつぶやいた。

三

　清三郎は三年の間、京で修行したが、仏像を一体も彫り上げることはなかった。

　愚斎に従って京の寺をまわり、仏像を見てまわった。

　訪れた寺でたまたま右京の工房の仏師たちと出会うことがあった。仏師たちは袖を引き合って愚斎に冷淡な視線を浴びせ、ささやきかわした。中には、聞こえよがしに愚斎を罵《ののし》る者がいた。

「師の仕事を貶《おとし》めた者が仏師面《づら》をして仏像を見てまわるのは片腹痛い。さっさと消えうせろ」

　愚斎が素知らぬ顔をしていると、罵った仏師は若い弟子たちを指図して愚斎と清三郎を寺から叩き出した。門前に突き転ばされて、土埃《つちぼこり》に塗《まみ》れながらも愚斎は次の寺へと向かった。清三郎はそんな愚斎に黙々とつき従った。

　愚斎が仏像を彫ろうと鑿《のみ》を握ったのは、清三郎が京に来て三年目の夏だった。

そのひと月ほど前、愚斎と清三郎はいつものように寺めぐりをしては仏像を見てまわっていたが、山科《やましな》を通りかかったおり、辻堂の格子戸《こうしど》に背をもたせて、旅の僧が息絶えているのを見かけた。

僧侶というより、物乞いに近い薄汚れた身なりだったが、坊主頭と、頭陀袋《ずだぶくろ》を首にかけて、手に数珠《じゅず》を握り締めていることで、かろうじて僧侶だとわかった。

目はうつろに見開かれ、口をあんぐりと開いているが、なぜか倒れもせずに格子戸に寄りかかったままだ。愚斎はじっと僧の亡骸《なきがら》に見入った。清三郎は愚斎の視線にただならぬ色が浮かんでいるのを感じながら、

「このまま放っておいては後生が悪うございます。近くの百姓を呼んで葬《ほうむ》ってもらいましょう」

と声をかけた。しかし、愚斎は振り向かず、しげしげと僧の亡骸を眺めている。やがて近寄って顔に手をふれた。あごの下に手を添えて、少し上向きにさせたかと思うと、ぐらつく頭をまっすぐに立てたが、僧の体はがくりと傾いて階《きざはし》に倒れた。

愚斎は、僧の瘦《や》せ細った手足をつかんで折り曲げ、また格子戸にもたせかけて座らせようとした。亡骸は愚斎に操られるまま動いたが、腐り始めているようで、異臭があたりに漂った。その凄《すさ》まじい光景にたまりかねて、清三郎は、

「師匠、おやめください」

と呼びかけた。愚斎は不意に亡骸から手を放すと、ぎらつく目を清三郎に向けた。

「お前にも見えたか」

愚斎の問いかけに清三郎は顔をしかめた。

「何が見えたのでございましょうか」

「そうか、見えなかったか」

愚斎はぼんやりと何かに気をとられた様子だったが、やおら呵々大笑《かかたいしょう》した。

「師匠――」

愚斎のあまりな奇行に清三郎はさすがに気味が悪くなった。行き倒れた僧の亡骸を見た愚斎は、おかしくなってしまったのではないかと不安になった。

「やはり、お前には見えなかったか。まだ修行が足りぬようだな」

言い捨てると愚斎は歩き出した。あわててついて行きかけた清三郎は、僧の亡骸を放ったままにするわけにもいかず、近くの百姓家を訪ねて亡骸の後始末を頼み、愚斎の屋敷へ戻った。

すでに日は暮れていたが、仏師小屋から鑿の音がしていた。愚斎の仏師小屋は屋敷の裏手にある粗末な小屋だ。のぞいて見ると愚斎が木に鑿を振るっている。

――師匠

清三郎が声をかけても愚斎は振り向かず一心不乱に彫り続けている。やがて夜が更けて月が出てから、愚斎は月の明かりを頼りに彫り進めた。

一睡もせずに彫り続け、翌日も真っ赤な目をして鑿を振るった。次の日も愚斎は清三郎が支度した粟《あわ》や稗《ひえ》のまじった飯と干魚《ひざかな》をむさぼるように食べ、わずかな間、仮眠をとるだけで、用足しに小屋を出るおりのほかは鑿を放すことがなかった。

十日ほどたってようやく仏像の形が現れたころ、愚斎は傍らで見守り続けている清三郎に、

「どうだ」

と声をかけた。だが、愚斎が形にしようとしているのがどの仏像なのかよくわからない清三郎は、すぐには答えられずに首をかしげた。仏像なのは確かだが、丸い頭をした貧しい百姓のような風貌《ふうぼう》の仏だ。

「仏様でございますか」

清三郎が訝しげに訊くと、愚斎は自信ありげに答えた。

「文殊菩薩《もんじゅぼさつ》だ」

文殊菩薩は悟りをひらくための般若《はんにゃ》の智慧《ちえ》を司《つかさど》る徳を象徴し、釈迦の脇侍《わきじ》となる

菩薩である。象に乗る普賢《ふげん》菩薩に対して獅子《しし》に乗る姿で表されて、仏像や仏画でもよく取り上げられる。しかし、愚斎が彫り進めている文殊菩薩はどこにも智慧など感じられず、むしろ愚かしいひとの顔を写しているようにしか見えない。

そこまで考えて清三郎はあっと息を呑んだ。ひと月ほど前、山科の辻堂で見かけた行き倒れの僧侶の姿形を、愚斎は彫っているようだ。

「これは、あのおりの――」

声を震わせて清三郎が言いかけると、愚斎はかっと口を開いて笑った。

「やっと気がついたか。山科で目にした行き倒れの乞食坊主だ」

「どうして、また、あの僧を菩薩像にされるのですか」

「あのおり、お前はあの坊主に何を見た」

「さて――」

急に問われて、清三郎が答えられずにいると、

「わしは智慧を見た」

愚斎はため息をつきながら言い切った。行き倒れた僧に智慧を見たとはどういうことだろう。ひとに看取《みと》られることもなく、路傍に窮死した哀れで愚かしい僧としか見えなかった。

清三郎が黙ったままでいると、愚斎は鑿を手にして木に向かいながらつぶやいた。

「あの行き倒れの僧は愚かに見えた。しかし、賢い者も愚かな者もこの世に生まれ出るのにはそれだけのわけがあるはずだと思ったのだ。賢い者は世にあって当然であろう。愚かな者がなぜ世に生まれ落ちるのか。その理《ことわり》をわしはわからぬが、生まれたからにはわけがあるはずだ」

「愚かであるのにもわけがあると言われますか」

清三郎が当惑して訊いた。愚斎は木に向かったまま、

「皆、深い智慧に導かれて、この世に生まれてきた、とあの坊主に教えられた気がして、行き倒れた姿の中に文殊菩薩がいるとわしは思うた」

と言い、さくりと木に鑿を入れた。

その動きには何の迷いも感じられず、生き生きとしていたのに、彫り始めて間無しに、愚斎は、ううっとうめき声をあげて小屋の隅に行った。驚いて駆け寄った清三郎は、口を押さえた愚斎の手の間から血が滴《したた》り落ちるのを見た。

「師匠、いかがしたのでございますか」

支えようと差し伸べる清三郎の手を振り切り、愚斎は立ち上がって小屋を出て行き、屋敷の台所へ入っていった。清三郎は取り乱す胸の内を気取《けど》られぬよう愚斎の後につ

いていった。水瓶《みずがめ》から柄杓《ひしゃく》で水を汲《く》み出した愚斎は顔についた血を洗い落とし、しばらく佇《たたず》んで息をととのえてから、ゆっくりと仏師小屋へと戻った。

「師匠、お休みにならねばいけません。これ以上、鑿を取ればお命に障りましょう」

清三郎が必死で止めるのを、愚斎は目を光らせて何も言わずに、彫りかけの仏像の前に座った。そして、今までよりもさらに熱っぽい表情で真剣に鑿を振るっていった。

愚斎は二十日の間、ほとんど休まずに文殊菩薩を彫り続けた。痩せ衰えて目だけがぎらぎらと光る姿には鬼気迫るものがあった。

清三郎は付き切りで愚斎の世話をしていたが、しだいに彫り上がっていく文殊菩薩像に圧倒されていった。

初めは愚かな僧を写しているとしか見えなかった仏像に、少しずつ智慧の光が差しているように感じられてきた。呆《ほう》けたように見えていた顔が徐々に福徳円満で慈愛に満ちた顔へと変わっていく。その様を見ながら、清三郎は、これがまことの文殊菩薩だという思いにかられた。いかにも智慧ありげに見える顔ではないけれども、内面からとめどなく光が溢《あふ》れ出るかのようだ。

文殊菩薩像を見つめていた清三郎は、愚斎は俗臭から抜け切れない高僧にも崇高を見出すことができたのだと思い、詰めていた息を大きく吐いた。比べて、自分はいまだに木に仏性を見出すことができないでいる。その焦りが胸に渦巻いて、清三郎は居たたまれない心持ちがした。

愚斎が息絶えたのは、それから間もなくのことだった。

その朝、起き出した清三郎が仏師小屋に入ると、愚斎は文殊菩薩像の前に跪《ひざまず》いてうずくまり、事切れていた。その顔には事を成し遂げた満足げな微笑が浮かんでいた。

清三郎は愚斎を抱え起こして、その死に顔に語りかけた。

「仏師の本懐を遂げられましたな」

もはや愚斎に思い残すことはないだろう、と清三郎は思った。命を削り、精魂を込めるようにして、仏を彫ることこそが仏師の生き甲斐《がい》ではないか。たとえ、命果てようとも仏像は千年の命を生きることになるだろう。

愚斎が亡くなって弔いをすませた後、清三郎は屋敷に留《とど》まり、自らの仏像を彫らねばと鑿を取って木に向かった。

博多でおゆきのために作ったのと同じ観音菩薩を彫ろうと思い立った。五尺の大きさで、顔はおゆきの面影を写そうと思っていた。仏師小屋にこもる日が続いていたある日、

「愚斎が彫った仏像を見せてもらえまいか」

と男が戸口から清三郎に声をかけてきた。白髪の鶴《つる》のように痩せた男だった。後ろに供の者が数人控えているところを見ると身分ありげな人物だとわかる。

清三郎は膝の木屑を払って立ち上がり、戸口に近寄って、

「愚斎の門人にて柊清三郎と申します。師の仏像をご覧になられたいのでしたら、まずお名のりいただきたい」

と頭を下げて言った。白髪の男はにこりと笑って、

――吉野右京
と口にした。清三郎はあわてて板敷に跪《ひざまず》いた。

「これは大師匠様でございますか」

「愚斎は破門したが、わしの弟子であったことに違いはない。それゆえ、そなたにとってわしは大師匠だと言えような」

右京は穏やかな口調で言いつつ、小屋に足を踏み入れ、奥に安置してある文殊菩薩像の前につかつかと進んだ。清三郎は右京の後ろに控え、

「師匠の最後の作となりました文殊菩薩でございます」

と言い添えた。右京はじっと仏像に見入っていたが、やがて小さく息を吐いた。

「愚斎め、わしを越えたと思うて、あの世に参りおったな」

右京の声には嬉しげな響きがあった。

その言葉を聞いて清三郎は胸が熱くなった。右京は愚斎を破門しながらも、その才を信じていたのだ。右京は清三郎に顔を向けた。

「ただいま、愚斎の破門を解いたゆえ、この文殊菩薩はわが工房の作になる。持ち帰り、由緒ある寺に納めれば、歳月を経て善男善女の回向《えこう》を受けることになろう」

淡々と告げる右京の言葉を、清三郎は頭を下げて聞いた。愚斎の文殊菩薩が持ち去られるのはさびしかったが、ひと目にふれてこその仏像である、と思った。

「ありがたきことと存じます」

清三郎が低頭して言うと、右京は供の者たちに文殊菩薩を運び出すよう命じた。小屋から出て行きかけた右京は、ふと清三郎が彫っている観音菩薩に目を止めた。

「これはそなたが彫っているのか」

「さようにございます」

床に膝をついたまま清三郎は答えた。右京はなおも観音菩薩をじっと見つめていたが、しばらくして痛ましげに言った。

「そなたは女人への思いを仏像に込めたな。だが、思いは届かぬようだ。そなたの大事な女人には凶事が起きているであろう」

ぎょっとして清三郎が顔を上げると、右京はゆっくりと仏像の顔を指差した。見れば、観音菩薩の顔にいつのまにか斜めにひびが走っていた。

（おゆきに災難が起きたのだろうか）

仏像の顔を斜めに断ち切るかのようなひびを見つめる清三郎の体が震えた。

四

京での師と仰ぐ愚斎を亡くし、ひとり彫っていた観音菩薩像の顔にひびが入り、禍々《まがまが》しい不吉な思いを抱いた清三郎が、博多に戻ったのは寛文六年（一六六六）四月のことだった。

祇園町のかつての師匠であった高坂浄雲《こうさかじょううん》の屋敷を真っ先に訪ねた。

勝手に京へ上《のぼ》ったことを許してくれるであろうか、と緊張した面持ちで門前に立った清三郎は眉をひそめた。門が閉じられており、屋敷の中はしんと静まり返ってひとの気配がしない。門を叩いて訪《おとな》いを告げたが、中から応《こた》えはなかった。

どうしたことだろうと隣の武家屋敷を訪ねて訊《き》いてみようと思った。三百石取りの飯田小十郎という馬廻《うままわ》り役の屋敷の裏手にまわり、裏門を叩いて声をかけると顔見知りの家僕《かぼく》が顔をのぞかせた。

家僕は清三郎の顔を見るなり、あっと驚いて落ち着かない素振りを見せた。

「ようやっと京より戻られましたか」

訊かれて、清三郎はうなずいた。

「はい、きょう戻って参りましたが、屋敷内に誰もおらぬようなので不審に思い、何かあったのではと心配になりまして、こちら様をお訪ねしました」

「では、去年の暮れに起きたことをご存じないのか」

家僕はごくりと唾《つば》を呑んで言った。目に怯《おび》えが浮かんでいる。

京で彫っていた観音菩薩を、大師匠の吉野《よしの》右京《うきょう》が女人への思いを込めて彫っていると見抜いたおり、その顔にひびが入っているのを指さして、

「そなたの大事な女人には凶事が起きているであろう」

と言われたのを片時も忘れたことはなかった。おゆきに約束した三年が過ぎ、博多へ帰ってくるまで、ずっと不吉な予感が胸を去らなかった。

「何があったのでしょうか」

恐れつつ清三郎が訊くと、家僕はあたりを見回してから声を低めて答えた。

「年の瀬の雪の降る夜でしたが、浄雲様のお屋敷に賊が押し入りましてな」

「賊が――」

清三郎は息を呑んだ。昨年の暮れ、博多では珍しく数日にわたって雪が降り続いたという。後に家僕が門人たちから聞いたところによると、浄雲は雪で木が湿り、彫りにくくなるのを厭《いと》って珍しく仕事を休むことにした。通いの門人たちも早々に引き揚げたらしい。その日の夜半過ぎに門をほとほとと叩く者がいた。

内弟子のひとりが門のそばに寄り、

「どなたでございますか」

と応じると、門の外から、福寿寺の者でございます、と先頃、羅漢《らかん》像を納入したばかりの寺の名を告げる声がした。

何事か不都合でもあったのだろうかと思って内弟子が門を開けると、黒い頭巾《ずきん》で顔を覆い、裾《すそ》を尻端折《しりはしょ》りにして黒い股引《ももひき》を穿《は》いた五、六人の男が白刃《はくじん》を抜いていきなり飛び込んできた。声をあげる間もなく内弟子は頭に一太刀《ひとたち》浴びて、たちまち昏倒《こんとう》した。

賊は屋敷の中に押し入り、助けを求める内弟子に斬《き》りかかった。騒ぎを聞いて浄雲が白い寝間着姿のまま奥から出て来て、

「曲者《くせもの》、ここは仏に魂を入れる場所であるぞ。お前らのような下郎が足を踏み入れて

よい場所ではない」

と怒鳴った。しかし、賊はせせら笑っただけで何も言わず、浄雲を一刀のもとに斬り捨て、屋敷の中をくまなく荒らして金品を奪い去った。

「恐ろしい奴らで、浄雲様と内弟子のふたりを殺し、金を奪ったそうでございます」

思い出すだけでも恐ろしいといった様子で家僕は声を震わせた。

「おゆきは、おゆきは無事だったのでございましょうか」

青ざめた清三郎が訊くと家僕は痛ましげに頭を振った。

「それが、通いの弟子が翌朝、来たおりに目にした屋敷の中は血だらけの無残な有様で、おゆき様は奥座敷に倒れていたのですが、身に何もまとわぬあられもない姿だったということです」

おゆきが賊に乱暴されたことを告げる家僕の言葉に清三郎は一瞬、息が詰まりそうになったが、懸命におゆきの安否を訊ねた。

「命は助かったのですね」

「はい、ですが、屋敷にお役人の取り調べがあり、浄雲様の葬儀をひっそり行って間《ま》無《な》しに、おゆき様は屋敷を出て行かれて、行方がわからなくなられました。弟子の方々が捜したが、どこへ行かれたものか皆目わからなかったのです。世をはかなまれて身投げでもされたのではないかと、このあたりの者は案じております」

「そんなことが起きていたとは思いもよりませんでした」

聞くうちに清三郎は頭の中が真っ白になった。頂相《ちんぞう》の技《わざ》を極めたいと望んで博多を出たおりには、まさか京で修行している間にこのような悲運におゆきが見舞われるとは想像もしなかった。

博多に戻り、浄雲に詫《わ》びを入れれば、以前と変わらぬ暮らしができるものと思っていた。京へ上りたいと願う清三郎に、浄雲が言った言葉が思い起こされる。

――手中にないものを得ようとすれば、手にしているものを失うは道理だ。失った後になって持っていたものの大事さに気づいても遅い。もはや元に戻りはせぬ
まさか言われた通りになるとは夢にも思わなかった。

(わたしは何という愚か者だ)

清三郎は胸の内で自らを罵《ののし》った。頂相の技を極めてまことの仏師になる、などと言いながら、京では愚斎の仏師としての生き方に感銘を受けただけで、自らの技量をわずかなりとも上げたとはとても思えない。

すべては無駄だった、しかも掛け替えのないおゆきまで失ってしまった、と清三郎はほぞをかんだが、もはや遅すぎた。

苦悶《くもん》の表情を浮かべる清三郎の顔を家僕は気の毒そうに見ていたが、さらに声をひそめた。

「お役人が探索したにもかかわらず、賊はいまもって捕まってはいないそうです。聞いた話では賊の中には、浄雲様の弟子だった玄達もいたらしいです。殺された内弟子のひとりは朝まで息があって、介抱《かいほう》されながら玄達の顔を見たと話して事切れたということです」

「玄達が？　まさか、どうして玄達が賊の仲間になど」

言いかけて、清三郎は不意に口をつぐんだ。

清三郎がおゆきの婿《むこ》となるのに不満を抱いて高坂一門から飛び出した玄達を、浄雲は破門するだけでなく、博多の仏師仲間に入門を許さないよう強硬に申し入れた。

このため行き場がなくなった玄達はいっとき自ら仏師の看板を掲げていたが、浄雲に破門された者に仕事を頼む寺はなかった。半年ももたずに玄達は食い詰めて博多から出て行った。その際、

「おのれ、浄雲め、汚い真似《まね》をしやがって」

と恨みの言葉を残していったという。そのことに思いをいたせば、玄達が賊の中にいたとしても不思議ではない。まして玄達はおゆきを自分のものにしたいと狙っていた節がかねてからあった。玄達が何より不満を覚えたのはおゆきへの思いを果たせなかったことではないだろうか。

おゆきをなぶりものにした賊が玄達だったのではないかと疑念を抱き、清三郎は辛《つら》い思いにとらわれた。闇《やみ》の中でおゆきに襲いかかる玄達を想像して体が震えるほどの怒りが湧《わ》いた。

家僕は打ち沈んだ清三郎を案ずる顔でうかがい見た。

「いずれにせよ浄雲様はもうこの世におられません。これからどうなさいますか」

訊かれて清三郎ははっと我に返った。

おゆきの行方がわからないからといって、必ずしも死んでいるとは限らない、と思いなおした。

「いまさら何を言っても取り返しがつかないことですが、京に上らねばよかったと悔やんでも悔やみきれません。しかし、こうなったからには、師匠の菩提《ぼだい》を弔い、おゆきの行方を捜したいと思います」

清三郎の言葉に家僕は何度もうなずいた。口に出してから清三郎はいま自分がしな

ければならないことにおぼろげながらも思い及んだ。そして師匠の恩に報いるためにも博多で仏師の仕事をしなければ

（そうだ、わたしはおゆきを捜さねばならない。そして師匠の恩に報いるためにも博多で仏師の仕事をしなければ）

おゆきはきっと、どこかで生きていてくれるはずだ、そうに違いないと胸の中で繰り返した。そして、おゆきの顔を模した観音菩薩像を彫ろうとあらためて決心した。

彫りあげることができれば、そのときにおゆきが戻ってくるのではないか。そう思うと、自らが励まされるような気がして、気力が湧いてきた。

翌日、清三郎は知人を訪《たず》ね回って、中洲《なかす》にある小さな家を紹介してもらい、借りることができた。もとは鍛冶《かじ》屋だった家で鋤《すき》や鍬《くわ》などを作っていただけに土間が広くて仏師の仕事をするのに向いていた。

博多の寺を廻って京から戻ったことを伝えて仏師の看板をあげる話をすると、仏像の注文が少しばかりとれた。

工房も弟子もないひとりきりの仏師ではあったが、浄雲門下の清三郎の腕前はつとに知られており、京で修行したという箔《はく》もついて、これからも依頼はあると思えた。

木を仕入れてから、清三郎は依頼があった仏像を彫り始める傍らで、おゆきの顔を

模した観音菩薩像にも取り組んだ。

中洲の家に住み始めて十日ほど過ぎたころ、清三郎は仕事の合間をぬって、博多の町を歩き、おゆきを捜し回った。似た年頃の女を見かけるたびにどきりとして、駆け寄り、確かめてみるのだが、容易に見つかるはずもなく人違いを繰り返す日々を送った。

心当たりの場所に行ってみるが、どこにもおゆきの影すら見当たらなかった。博多の湊《みなと》のあたりを捜したおりは、ひょっとしておゆきは世をはかなんで海に身を投げたのではないかと恐ろしい想像をした。

そのつど、いや、そんなはずはないと胸の奥で声がした。おゆきはきっとどこかで生きている、そう思えてならなかった。

そんなある日、おゆきは博多の町ではなく、福岡にいるかもしれない、とふと考えついた。博多の町ならおゆきの顔見知りも多い。どこかで見かけたというひとがいるはずだ。それなのに、誰からもそんな声すら聞かないのは、おゆきは武家地が多い福岡にひそんでいるからではないだろうか。考えてみれば、浄雲が殺された博多はおゆきにとって恐ろしく、足を踏み入れたくない町かもしれない。

おゆきが福岡に身を隠している気がしてきた清三郎は、行ってみようと橋を渡った。

桝形門《ますかたもん》にさしかかった際、番士が驚いて声をかけた。

「清三郎、京から戻ったのか」

声がする方を見ると牧忠太郎だった。清三郎は久々に会った忠太郎の馬のように長い顔を見つめながら、おゆきの行方を捜していることを相談しようと思った。だが、清三郎が口を開く前に、忠太郎は深刻な表情で訊いてきた。

「浄雲先生のことは耳にしたか」

「聞いた。そのことで力になってもらえないだろうか」

清三郎が低い声で言うと、忠太郎は訝《いぶか》しげに首をかしげ、

「お主が頼みごとをするとは珍しいな」

と言ったが、すぐに思い当たった顔になった。

「おゆきさんのことか」

清三郎がうなずくのを見た忠太郎は素早くあたりに目を配った。通りかかる者がいないか確かめてから、清三郎を番士の控所に連れていき、声をひそめた。

「わしは、先日、おゆきさんを見かけたぞ」

忠太郎は真剣な眼差しで言った。清三郎は思わず忠太郎の両肩をつかんで問い質《ただ》した。

「どこでだ。やはり、福岡の町でか」

忠太郎はゆっくりと首を横に振った。

「違う。博多の浜口町で見かけたのだが、そのあたりに住んでいるのかどうかはわからん。町駕籠《まちかご》から下りるところを目にしただけだからな」

「おゆきは駕籠に乗っていたのか」

清三郎は目を瞠《みは》った。仏師の娘としてつましく暮らしていたおゆきは、町駕籠に乗ったことなどかつてなかった。

忠太郎は意味ありげな目をしてうなずいた。

「立派な絹物を着ていたから、おゆきさんは悪い暮らし向きではなさそうだったな」

「まさか、信じられぬ」

盗賊に襲われ、父親を殺されたうえに乱暴されて、あてもなく家を出たおゆきが半年の間に暮らし向きがよくなるなど考えられなかった。

「ひと違いをしたのではないのか」

清三郎が念を押すと、忠太郎は大きく首を横に振った。

「わしはこの門の番士だぞ。通る者の顔はほとんど覚えておる。お主が一度付き添って門を通ったおりに、おゆきさんの顔は覚えた。あの美しい娘をお主が女房にしたと聞いて、羨《うらや》んでおったのだ」

だから、間違えるはずはない、と忠太郎は断言した。

「そうか……」

清三郎はうなずきながら、なにはともあれ、おゆきが生きているのは喜ばしいことだ、と思った。まして暮らしぶりがよさそうであったのなら、なおのことよかったと思ってしかるべきなのに、不安を感じるのはどうしてなのだろう。

忠太郎はひとのよさげな間延びした顔に案ずる表情を浮かべて、

「浄雲先生が賊に襲われて殺され、ひとり娘のおゆきさんの行方が知れないことは城下でも評判になっておる。おゆきさんが無事であるのに家に戻らぬとすれば、よほどの事情があるのではないか」

と言った。清三郎は胸中の不安を見抜かれた気がして苛立《いらだ》った。

「何が言いたいのだ。父親が殺された屋敷に戻るのをためらうのは、ひとの情としてありえないことではない」

むきになって言う清三郎をなだめるように忠太郎は言葉を継いだ。

「とはいえ、亡くなった父親の法要をしないわけにはいかんだろう。それなのにいまも戻らぬのは、よほど帰りにくい事情があると思ったほうがいい。お主が捜し回るのはおゆきさんにとって迷惑かもしれんぞ」

「なぜそんなことを言うのだ」

「わからぬか。おゆきさんは賊に乱暴されたらしい。そのことを忘れたいと思っているかもしれぬ。だとすると、お主には会いたくないだろう。その気持をわかってやってもよいのではないか」

馬鹿な、そんなはずはない、と怒鳴るように言うなり、清三郎は背を向けて歩き出した。

「おい、待てよ。ほかにも話があるのだ」

と忠太郎は呼びかけた。しかし、清三郎は聞く耳を持たぬ様子で、渡ってきた橋を急ぎ足で戻った。

忠太郎の言うことがもっともな気がするだけに、これ以上、話を聞きたくなかった。一刻も早く浜口町に行ってみなければと焦っていた。

おゆきは浜口町にいるかもしれない。もし会うことができたら、京へ上ったばかりに、おゆきを守ってやれずひどい目にあわせてしまったことを詫びよう、と清三郎は一心に思い詰めていた。

五

石堂川《いしどう》の河口近くにある浜口町は博多でも古くからある町筋で、戦国時代には豪商の嶋井宗室《しまいそうしつ》の屋敷があった。いまも博多商人の大きな屋敷が立ち並んでおり、浄雲の屋敷からもさほど遠くない。

（おゆきは、浜口町まで来て、なぜ屋敷に戻らなかったのだろう）

清三郎は、おゆきの気持を考えながら町筋を進んだ。何度か辻を曲がっていくうちに、ひときわ広壮な屋敷の前に出た。

富商の屋敷だろうとは見当がついたものの、ひとの出入りもなく、誰の屋敷なのか外から眺めてもわからない。ただ築地塀《ついじべい》にのぞく枝ぶりのいい梅が、清三郎の目を引いた。

おゆきが梅の花を好んだのを思い出した清三郎は、通りかかった職人風の若い男に、

「もし、こちらはどなたのお屋敷かご存じでしょうか」

と訊いた。男はちらりと門に目を遣《や》ってから清三郎に顔を向けて、

「伊藤小左衛門《こざえもん》様のお屋敷たい」

そんなことも知らないのか、と言いたげな表情で言った。清三郎は歩み去る男の背に礼を言ってから、あらためて屋敷の周囲を眺めた。

ここが伊藤小左衛門の屋敷か、と清三郎は口の中でつぶやいた。

博多の豪商と言えば、嶋井宗室のほか豊臣秀吉から「筑紫の坊主」と呼ばれた神屋《かみや》宗湛《そうたん》が名高い。小左衛門はこれらの豪商に次ぐ大商人だった。鉄や米の商いで初代小左衛門が財をなし、現在の当主は二代目小左衛門吉直《よしなお》である。

長崎に出店を持って黒田藩の長崎御用を務め、正保《しょうほう》四年（一六四七）六月、長崎港にポルトガル軍艦二隻《せき》が突如、進入する事件が起きた際に、小左衛門は戦闘での焼き討ちに使う焼草を同じ御用商人の大賀惣右衛門と協力して急きょ調達した。この功を藩主黒田忠之から激賞されて五十人扶持《ぶち》を与えられた。

二代にわたって小左衛門は銀七万貫の身代《しんだい》を築いたといわれ、この資産を背景に〈伊藤小判〉を鋳造《ちゅうぞう》するなど豪商として博多に君臨していた。

しばらく伊藤屋敷の近くを歩き回った後、おゆきを捜しあぐねた清三郎は日暮れが迫って浜口町を後にして、くたびれ果てて中洲の家に戻った。

疲れていたが、冷や飯に味噌汁をかけてそそくさと夕餉《ゆうげ》をすませると、夜遅くまで依頼のあった仏像を彫った。

ひと区切りをつけて木屑《きくず》を払い、敷きっぱなしのほころびた布団に横たわって眠ろうとするが、おゆきの面影が浮かび、なかなか寝つけなかった。

翌日の昼近くになって起きた清三郎が裏の井戸で顔を洗い、口をすすいでいると、

「やっと捜し当てたぞ」

うんざりしたような男の声が背後でした。振り向いてみると忠太郎が立っていた。きょうは非番らしく番士がつける袖なし羽織を着ておらず、絣《かすり》に袴《はかま》姿で両刀を差している。

「昨日は礼も言わずにすまなかった」

清三郎が頭を下げると、忠太郎は苦笑いして手を振った。

「そんなことはかまわんが、まだ話があるのに聞かないまま帰ってしもうたのには、困ったぞ」

「話したいこととは何だ」

清三郎は無愛想に訊いた。だが、忠太郎は気にする様子でもなく、ここではちと話しにくいなと言うと、さっさと家の中に入っていった。

木屑が散らかった土間で履物を脱いで板敷に上がった忠太郎は、土間に置かれた彫りかけの観音像に目を遣った。顔を洗い終えた清三郎が土間に入って来ると、忠太郎

は、

「あの観音像はおゆきさんに似ているな」

と声をかけた。清三郎は何も言わずに竈《かまど》に火をくべて湯を沸かし、茶を淹《い》れて忠太郎の前に置いた。すぐに忠太郎は茶碗を手にしてひと口飲み、つぶやいた。

「よい香りだ。さすがに仏師ともなれば茶には贅沢《ぜいたく》をするのだな」

これにも清三郎は答えず、黙って忠太郎の顔を見つめた。忠太郎は茶を飲み干してから口を開いた。

「実はな、浄雲先生の屋敷を襲った賊のことだ。その中にお主の兄弟子だった、何とかいう男がいたらしいのだが、そのことは聞いているか」

「聞いた。玄達という男だ」

「その玄達だがな――」

忠太郎は言いかけて、おもむろに清三郎の顔を見た。

「なんだ。わたしの顔に何かついているのか」

清三郎は顔をつるりとなでた。忠太郎は無表情に、

「おゆきさんを襲った賊への怨《うら》みが顔に出ていそうだな、と思ったのだ。やはり憎んでおろうな」

と心中を探る口振りで言った。

「当たり前だ。殺しても飽き足りないと思っている」

そうか、とうなずいた忠太郎は話を続けた。

「話というのは、ひと月ほど前のことだが、生《いき》の松原に小舟が二艘《そう》、流れ着いてな。地元の漁師が見つけたのだが、小舟にはそれぞれ三人の男が乗っていて、しかも皆、胸を刃物で刺されて死んでおったのだ」

「死骸をのせた舟が流れ着いたというのか」

清三郎は目を鋭くして訊いた。

「そういうことだ。男たちは人相、風体《ふうてい》からいずれも無頼《ぶらい》の者たちだと見られたが、中にひとりだけ懐《ふところ》に書状を持っている男がいて身元がわかった」

「まさか、その男が――」

息を凝らして清三郎は忠太郎を見つめた。

「そうだ。仏師の玄達だ。書状は大坂の寺からのもので、どうやら間もなく、その寺へ仏像を彫りに行く約束になっていたらしい。賊の一味となって殺生《せっしょう》をしておきながら、なおも仏を彫るつもりでいたとは図々しい男だな」

忠太郎は皮肉な笑みを浮かべた。

「玄達とともに殺されていたのは、賊の仲間なのか」

「人数が合うようだから、そうなのではないかと町奉行所では見ているようだが、無論、言い切れるわけではない」

「そうか……。玄達は死んだのか」

清三郎は、兄弟子ではあったが、反《そ》りが合わず、いつも意地悪く咎《とが》め立てをしてきた玄達の顔を思い浮かべた。

あの玄達がもうこの世にいないとは信じられなかった。しかし、浄雲の死も信じ難《がた》いのは同じで、わずか三年、京で修行している間に何もかもが大きく変わってしまった、とあらためて思った。

「もし、玄達という男がおゆきさんを襲った賊だとすれば、これで、怨みが晴れたということになるな」

忠太郎が確かめるように訊くと清三郎は頭を振った。

「それとこれとは話が別だ。たとえ玄達が地獄に落ちようが憎しみは消えることはないだろう」

つぶやくように言った清三郎は土間の観音像に目を遣った。おゆきの顔を写すつもりの観音像は悲しみに満ちた仏像になるような気がした。

「おゆきさんもそう思っているだろうな」

意味ありげに言う忠太郎に清三郎は顔を向けた。

「何が言いたいのだ」

「玄達たちを殺したのは何者なのかは、おそらくわからず仕舞いになるだろう。六人もの無頼の者を殺して小舟で海に流したのだ。よほど、恐ろしい奴に違いない。あるいは仲間割れかもしれぬが、それだけに殺した者を突き止めるのは難しい気がする」

そう言いつつ忠太郎は観音像に目を向けて、

「その者は浄雲先生とおゆきさんの怨みを晴らしてくれたのだ。言うならば、仏罰ではないか」

と言葉を継いだ。清三郎は顔をしかめて言った。

「仏はひとを殺したりはせぬ。ひとを殺す者は悪鬼《あっき》、羅刹《らせつ》だ」

「そう思うか」

忠太郎は沈痛な面持ちで清三郎を振り向いた。その時になって、清三郎は忠太郎が言おうとしていることを察した。

玄達を殺した者がおゆきの怨みを晴らしたのであるなら、六人の無頼が殺された一件におゆきが関《かか》わっている恐れがある、と忠太郎は思っているのだ。

だから、いまもって屋敷に戻らないでいるおゆきは捜さないほうがいいと忠太郎は言いたいのだろう。

清三郎は黙って目を閉じた。そんなはずはない、と思った。清三郎が覚えているおゆきは清楚《せいそ》で明るく、けなげな女だった。たとえ、何が起きようと、あのおゆきが変わるはずはない。

目を開けて立ち上がった清三郎は、板敷の端に佇《たたず》んで観音像を見つめた。

「わたしは、この観音像をおゆきだと思って彫っている。いまのおゆきは悲しみに沈んでいるだろうが、ひとを殺すような酷《ひど》い心持ちは胸にないはずだ。観音像ができあがったときに、それがわかるだろう」

清三郎の言葉を黙って聞いていた忠太郎は、しばらくして大きく息を吐き、

「お主の言う通りかもしれぬな」

と言い残して辞去していった。

忠太郎が帰った後、昼の白い陽差しが入る土間に下りた清三郎は、身じろぎもせずに観音像に見入った。

夏になった。

清三郎は仏像を彫りつつ、おゆきを捜して博多の町をさまよった。博多は総鎮守の櫛田《くしだ》神社に奉納される〈祇園山笠《ぎおんやまかさ》〉の季節だ。

鎌倉時代、博多の名刹《めいさつ》承天寺《じょうてんじ》の開山聖一国師《しょういちこくし》が疫病退散のため、施餓鬼棚《せがきだな》にのり、若者に博多津《はかたつ》を引き廻《まわ》させて祈禱《きとう》した水を撒《ま》いたことに由来すると言われる。豊臣秀吉が博多の町割りを行った際、町々を七つの〈流《ながれ》〉に分けた。この〈流〉ごとに武者人形などで飾り立てた山笠が作られる。祭礼当日の早朝にそれぞれの〈流〉の山笠が櫛田神社に集まり、締め込み姿の勇壮な男たちがかついで博多の町を走るのだ。

祭りの季節ともなれば博多の町は男たちの熱気であふれるが、清三郎は日頃と変わりなく仏像を彫り、合間におゆきを捜して歩き回った。

ある日の昼下がり、清三郎は浄雲の菩提寺である福寿寺へ墓参りに行った。よく晴れて雲ひとつない陽差しが強い日だった。

花桶を持って墓の前に立った清三郎は、竹筒に花が手向《たむ》けられているのに気づいた。身よりのない浄雲は、墓参りに来る親戚はいないはずで、賊に内弟子が殺されるという悲惨なことがあったためか、門人も浄雲の菩提を弔うのを憚《はばか》る風だった。それだけに花を見た瞬間、清三郎の脳裏におゆきの顔が浮かんだ。

（おゆきが、墓参りに来たに違いない）

供えられている花は活《い》けられたばかりのようだ。清三郎はおゆきがいるのではないかとあたりを見回した。

墓所には誰もおらず、清三郎は花桶を置いて寺の門に向かった。大きな山門が見えたとき、今しも門をくぐろうとしている女の後ろ姿が見えた。年恰好《としかっこう》がおゆきに似ていると思った。

——おゆき
声をかけたが、女はそのまま門をくぐり、寺の外へ出た。清三郎が門の外に急いで駆け出ると、辻を曲がる女の後ろ姿が見えた。

「待ってくれ、おゆき」

大声で呼びかけた清三郎は走って女を追おうとしたが、辻を曲がろうとしたとき、山笠が町を練り歩く行列とぶつかった。

「通してくれ」

清三郎は叫んだが、山笠をかつぐ男たちに遮《さえぎ》られた。沿道には見物の町人たちがたむろしている。掛け声を張り上げて進む男たちの中に巻き込まれた清三郎は、それでも遠くに見え隠れする女を追おうとした。

ようやく男たちの間から抜け出た清三郎は夏の陽差しに照らされて眩《まぶ》しい道に目を凝らしたがすでに女の姿を見失っていた。

清三郎は肩を落として浄雲の墓前に戻るしかなかった。

十日後――

うだるように暑い日の朝から清三郎は額《ひたい》に汗して仏像を彫っていた。

聖福寺《しょうふくじ》から依頼された地蔵菩薩立像だ。住職の白慧和尚《はっけいおしょう》は、わざわざ清三郎の家を訪ねて、

「ひとを迷わせぬ地蔵菩薩様をお願いいたしたい」

と依頼した。清三郎は言われる意味をわかりかねて訊いた。

「仏様は、もともとひとの迷いを払ってくださるのではありませんか」

「いや、仏に頼れば、ひとはなおのこと道を踏み迷う。それゆえ、迷わせぬ仏様を彫っていただきたいのだ」

六十歳を過ぎた小柄で丸顔の白慧和尚はにこにこと笑いながら言った。清三郎は迷わせぬとはどのような仏様なのだろうと考えたがわからぬままに引き受けた。

ともかく木と向き合い、彫り始めるにあたって念を凝らした清三郎の脳裏に地蔵で

はなく、愚斎の顔が浮かんだ。

(そうか、愚斎師匠を彫ればいいのだ)

ひとを迷わせぬ地蔵菩薩とは、自ら踏み迷い、おのれの進む道を必死で探す仏にほかならないだろう。道がわからぬからこそ、懸命に見つけようとあがき、迷うということがないのではないか。

そう考えた清三郎だが、彫り始めてみると地蔵菩薩の表情は端正になり、衣などもゆるやかながら引き締まった様で、わずかなりとも迷いの気配を感じさせなかった。

自分の心に映っていた愚斎はこのようなひとだったのか、と清三郎はあらためて知る思いだった。

「彫ってみて、初めてひとの心の姿が見えてくるようだ」

清三郎が小さく、独《ひと》り言《ごと》をつぶやいたとき、戸口にひとが立った気配がした。誰か客が来たのか、と振り向いた清三郎は戸口に立つ女の姿を見て、

──おゆき
と声をあげた。

「おひさしぶりでございます」

おゆきはわずかに声を震わせて言った。

土間に差し込む夏の陽差しがおゆきを包んでいる。

六

清三郎は突然の訪れに驚きながらも、おゆきを招じ入れて板敷に座るようにうながした。忠太郎が言ったように、おゆきは上等の絹物を身につけている。清三郎はあわてて支度した茶をおゆきに出して、自分も板敷に座った。

おゆきは板敷に座り、清三郎が出した茶を静かに喫《きっ》してから、淡々とした口調で自分に何があったのかを語り始めた。

わたしは、京へ上ったあなたを随分と恨んだのですよ。

三年の間、何の便りも寄越さず、あなたへの思いだけでわたしが生きていけると思っているあなたを腹立たしく思いました。それでも、待つしかない、そうするしかないのだ、と毎日、自分に言い聞かせていたのです。

あなたが京へ上って一年ほどしてから、父はわたしに知り合いのお医者様との再婚を勧めました。あなたとは離縁したのだ、と父は何度も言いました。

わたしがそうは思っていないと言うと、父は怒り出して強引に話を進めようとしたのです。ところが、思い悩むうちに体を壊して、寝ついてしまい、瘦《や》せ細っていくわたしを見て、父はようやく嫁がせることをあきらめてくれました。

でも、あのおりに、無理やりにでも嫁がせられていたら、あんなひどい目にあうこともなかったのだといまさらながら思います。

ひょっとしたら、父はわたしがあの家にいてもいいことはないとわかっていたのかもしれません。盗賊が襲ってきたとき、わたしは奥の部屋で寝ていました。大きな物音や悲鳴がしたので、起き出して寝間着姿のまま、真っ暗な廊下を伝って広間に行こうとしました。手さぐりで広間に入ると雨戸がはずされて月の光が差しこんでいました。

雪あかりに白く照らされた血まみれになって倒れている父の姿を見て、ひと目で死んでいるとわかりました。それでも震えながら父にすがったとき、まわりで男の笑う声が聞こえました。

見回すと黒い着物を着た男たちが、いつの間にか取り巻いていたのです。悲鳴をあげようとする口を手で押さえられ、目の前に刀が突きつけられました。

それからのことは何も覚えていなくて、何が起きたのかまったくわかりませんでした。朝になって通いのお弟子さんが家に来たときには、わたしは父の遺骸のそばに倒れていたそうです。

父を殺された悲しみと、辱《はずかし》められた口惜《くや》しさで死にたいと思いました。それでも、父の葬儀だけは出さなければと思い、必死でこらえていましたが、弔いに来たひとたちは、わたしを指差してひそひそと話して目をそむけるのがわかりました。

お弟子さんのひとりが、押し入った盗賊の中に玄達がいた、と事切れる前に言ったそうです。盗賊の顔などひとりも見ていませんが、あの男たちの中に玄達がいて、わたしにふれたかもしれないと思うと、死ぬよりほかにない、と思い詰めました。

恥ずかしさをこらえて生き延びたとしても、博多に帰ってきたあなたに蔑《さげす》みの目で見られるだけだ、としか思えませんでした。

ですから、葬儀が終わると、誰にも気づかれないよう夜になって家を出ました。石堂川に身を投げようかと考えましたが、なんとなく心が定まらないまま湊《みなと》へと出ました。

あの夜と同じように青白い月が出ていました。

血に染まって倒れていた父の姿がまた浮かび、悲しすぎて泣くこともできませんでした。気がふれたようにふらふらと湊を歩いているうちに、あなたのことばかりが思い出されて、悲しさで頭が変になりそうでした。

無口で頑固で人付き合いが悪く、ろくに話しかけてもくれないけれど、根はとてもやさしいひとだ、とわかっていました。

あなたの彫る仏様はどれもきれいなやさしいお顔をされていましたから、どの仏様も好きでした。心優しいあなたを好きだったのです。

でも、あなたはわたしを捨てて京へ上ってしまった。あなたがいない間にわたしは父を殺され、辱めを受け、生きていく縁《よすが》を失いました。

あなたにとって京へ上り、仏師の修行をすることはそれほどまでに大切なことだったのでしょうか。わたしをこんな目にあわせてでもしなければならないことだったのですか。

夜空を見上げながら、そんなことをつぶやいていました。

すると不意に玄達の顔が浮かびました。盗賊たちの中にいた玄達がわたしを見て笑っているような気がしました。

そのとき、わたしは悲鳴をあげて海に飛び込んでいました。

海の中に沈んでいきながら、これで楽になれる、と思いました。それでも、あなたにもう一度だけ会いたかった、そう思いつつ気を失っていったんです。

おゆきはいったん口を閉ざして清三郎を見つめた。目に涙を浮かべている。

清三郎は両手を板敷につかえて、頭を下げた。

「すまなかった」

それ以上、言葉が出てこない。清三郎の目から涙が滴《したた》り落ちた。その様を見たおゆきは、さびしげに微笑《ほほえ》んだ。

「海に身を投げたわたしは、あるひとに助けられました。いまはそのひとの世話になっています。あなたの女房だったおゆきはあの夜に死にました。いま、ここにいるのは別人です。だから、もうわたしを捜そうなんてしないでください」

清三郎は頭を下げたまま言った。

「そう言われても、わたしの女房はおゆきだけだと思っている。どうか、わたしのもとへ戻ってくれないか」

「いまさらそんなことを言うくらいなら、京へ上らなければよかったんです。博多に居てくれれば父も死なずにすみ、わたしもひどい目にあうことはなかったんです」

おゆきはゆっくりと立ち上がって背を向けた。もう帰るつもりなのだと察した清三郎はあわてて言い添えた。

「待ってくれ、幼馴染《おさなな じ》みの牧忠太郎が、玄達たち盗賊一味が殺されたと教えてくれた。もう、お前を酷《ひど》い目にあわせた奴らはこの世にいないのだ。どうか何もかも忘れて昔の暮らしに戻ってはくれないだろうか」

おゆきは振り向いて謎めいた笑みを浮かべた。

「玄達が死んだことは知っています」

「なんだって、どうしてお前が知っているんだ」

まさか、と思いつつ、清三郎はおゆきの顔を見た。無表情なままおゆきは口を開いた。

「玄達は父を殺した後も博多の町にいたんですよ。押し込み強盗をしたことがばれないと思っていたんでしょうね。それで、わたしが家からいなくなったと知って捜していたようです。わたしが父の墓参りに来るのを見張っていて後をつけ、わたしの居場所を突きとめたんです」

「それじゃあ、玄達はまたお前を狙ったのか」

玄達がそこまで執拗《しつよう》におゆきを狙っていたのかと愕然《がくぜん》として清三郎は訊いた。

「あのおりの仲間をまた集めて、そうするつもりだったのでしょうが、いま、わたしが世話になっているひとに気づかれて、始末されたんです。そのひとはわたしに何があったかを知っていて怨みを晴らしてくれました。ですから、もうそのひとのそばから離れることはできないんです」

おゆきはうつろな表情で言うなり、戸口へ向かいかけてふと土間の隅に置かれた彫りかけの観音菩薩像に目を止めた。すかさず清三郎は声をかけた。

「わたしは、その観音様をおゆきだと思って彫っているんだ。お前に何があろうと、わたしにとって以前と変わらないおゆきなんだ」

おゆきはじっと観音菩薩像を見つめていたが、不意に涙を流した。

「変わらないのはあなたです。自分が見たいものだけを見て、本当のわたしを少しも見てはいません。こんな美しい観音菩薩様がいまのわたしであるはずはないじゃありませんか。いまのわたしは一度死んでからこの世に戻った鬼なんですよ」

おゆきは観音菩薩像から顔をそむけて足早に出ていった。清三郎はすぐに追いかけて、戸口から、

「おゆき――」

と呼びかけたが、すでにおゆきは待たせていたらしい駕籠《かご》に乗り込むところだった。

清三郎は後を追おうとしたが、足が動かなかった。

おゆきにかける言葉が見つからない。どう言ったらおゆきが戻ってくれるのかわか

らなかった。清三郎は肩を落として家に戻るとぼう然として上がり框《かまち》に腰を下ろした。彫りかけの地蔵菩薩像が目に入り、白慧和尚が言った、「ひとを迷わせぬ地蔵菩薩」という言葉が耳の奥に響いた。

（どうすればいいのだろう。いまのわたしは迷いの闇《やみ》の中にいる）

地蔵菩薩像を見つめれば、おのずと愚斎が思い出される。愚斎もまたこのような迷いの中を生きたのだろうか。どうやって、あのように見事な文殊菩薩を彫る境地にいたったのだろう。

迷いの闇を抜けたからこそ彫り上げることができたに違いない。自分にそれができるだろうかと思うと、さらに途方もなく暗い淵に落ち込んでいくような気がしてならなかった。

思い惑いつつ清三郎は観音菩薩像に目を向けた。

清浄でこの世の苦悶《くもん》とは別なところにいる観音菩薩だった。

だが、ひとは苦しみから逃れられない。あるいは一生、懊悩《おうのう》の闇の中でのたうちまわるだけなのかもしれない。

もし仏がいるのであれば、そのようなひとのそばにあって嘆き悲しみを分かち合い、ともに苦しむのではないだろうか。「ひとを迷わせぬ地蔵菩薩」とは、ひとに寄り添い、決して見捨てず、離れることのない仏だ。

清三郎は立ち上がって土間の隅に行くと薪《まき》の上に置いていた斧《おの》を手に取り、ゆっくりと観音菩薩像の前に立った。

斧を振り上げ、力まかせに、観音菩薩像の顔に打ち込んだ。がっ、と木が割れる音が響いて、観音菩薩像の顔に醜いひびが入った。

清三郎はなおも斧を振り上げ、何度も観音菩薩像に打ち当てた。がっ、がっ、と音がして木屑が飛んだ。観音菩薩像のひび割れは大きくなり、無残な顔になった。

「これがいまのおゆきの顔だというのか」

清三郎は斧を投げ捨てた。うめきながら観音菩薩像の前に跪《ひざまず》いた。肩が震え、嗚《お》咽《えつ》がもれて、清三郎の目から涙があふれた。


この日の夜、清三郎は悪夢にうなされた。

浄雲が血まみれになって倒れている。目を見開き、信じられないものを見たという驚愕《きょうがく》の表情をしている。胸からどくどくと血が流れて板敷を濡《ぬ》らしている。

必死で逃げようとしているおゆきに男たちが群がる。着ている物をはぎ取られ、白い裸身が露《あら》わになる。男たちがおゆきにのしかかっていく。

——清三郎さん、助けて
おゆきの悲鳴を聞いて、清三郎は目を覚ました。寝床に起き上がると寝間着が汗でぐっしょりと濡れていた。

(おゆきを捜して見つけるだけでいいと思っていたのは間違いだった)

おゆきは生きながら死に、その心は十万億土の彼方《かなた》へと行ってしまったのだ。おゆきを連れ戻そうと思えば、自分も無明《むみょう》長夜《ちょうや》の闇の中を彷徨《さまよ》わねばならないだろう。

はたして、自分にそれができるのだろうか。それほどの覚悟があるのか。清三郎は闇を見つめた。おゆきの幻が浮かんでいる。夫婦となる前、仏師小屋のそばの大樟《おおくす》の下で話していたときのおゆきだ。

——清三郎さん
やさしく微笑《ほほえ》んで呼びかけてくれたおゆきの顔が見える。あのとき、おゆきは清三郎が彫ってやった小さな観音菩薩像を大事そうに手にした。清三郎はおゆきを美しいと思った。あのおりのおゆきには、もう会えないのだろうか。

そう思ったとき、清三郎の胸の裡《うち》に激しい叫び声があがった。そんなはずはない。あのときのおゆきはいまも自分の心の中で生きている。決して死んだわけではない。

(そうだ。おゆきは生きている。いまは闇におおわれて、見えなくなっているだけ

だ）

闇を光で払えば、きっと昔のおゆきに会うことができるはずだ。

清三郎は拳《こぶし》を握りしめて、闇を見据えた。

翌朝、清三郎は西中島橋の桝形門《ますかたもん》に行き、忠太郎を訪ねた。茶の袖《そで》なし羽織を着た忠太郎は番士の同僚に呼び出されて控所から出てきた。

清三郎はほかの番士に聞かれないよう、橋の上に忠太郎を連れていき、

「昨日、おゆきが訪ねてきた」

と告げた。忠太郎は、ほう、そうか、と応じただけで、さほど驚かなかった。

清三郎は忠太郎を見据えて言った。

「おゆきはいま、あるひとの世話になっているそうだ。そのことを玄達に知られて、また狙われたそうだ。しかし、おゆきを世話しているひとが玄達の企《たくら》みを知って始末したらしい」

清三郎の話を聞きながら、忠太郎は表情を変えない。それを見て清三郎は忠太郎に詰め寄った。

「やはり、おゆきの世話をしているひとのことを知っているのだな。頼むから教えて

くれ、どうあっても、わたしはおゆきを取り戻したいのだ」

　忠太郎は清三郎を見返して、低い声で言った。

「無駄だ。相手が悪すぎる」

「相手が悪いだと、どういうことだ」

　清三郎は顔色を変えて忠太郎を睨《にら》んだ。忠太郎は落ち着いた声でなだめ諭《さと》すように話した。

「いま、おゆきさんを世話しているひとは、大きな力を持っている。西国《さいごく》一の豪商だが、それだけじゃない。朝鮮から高砂国《たかさごく》（台湾）、シャム、ルソンまで大がかりな抜け荷をしているという噂《うわさ》だ。海賊まがいの荒くれ者も使っているというから、玄達たちのような無頼を始末することなど造作《ぞうさ》ないだろう」

「いったい誰なんだ。そいつは――」

　清三郎は息を吞んで訊いた。

「浜口町でおゆきさんがそのひとの屋敷に入っていくのを見かけたのだ。そう言えば見当がつくはずだ」

　忠太郎に言われて、清三郎は浜口町で見た広壮な屋敷を思い出した。

――伊藤小左衛門

清三郎はうめくように男の名をつぶやいた。

七

伊藤小左衛門とはどのような男なのか。

清三郎は知人に聞いてまわった。そしてわかったのは、小左衛門が途方もない商人だということだった。

小左衛門はこの年、五十歳になる。五十余人の使用人を抱え、十数隻《せき》の持ち船で各地の特産物や中でも出雲《いずも》や備後《びんご》で産出する鉄の売買に関わっていた。だが、小左衛門は、ただの富商ではなく、朝鮮への〈抜け荷〉を行っていた。

小左衛門のそれぞれの船には、必ず〈胴突《どうつき》〉と呼ばれる男が乗っていた。〈胴突〉は過ぎし世の海賊だった倭寇《わこう》の船が敵船の船体に突き刺して戦うために備えていた武器だ。

さらに朝鮮語との通訳をする〈朝鮮通事〉も乗っていた。小左衛門が動かしている船は、穏便な商船ではなく、かつて東アジアの海を荒らしまわった水軍の伝統を色濃く残していたのだ。この話を、清三郎は師匠の浄雲《じょううん》とともに出入りしてきた博多呉服町、西光寺の住職である凌海《りょうかい》から聞いた。

「まあ、いまの世の倭寇だと思った方がわかりよかろう」

と五十歳過ぎで福々しく太った凌海は、清三郎に話した。さらに、

「わしは対馬《つしま》の出じゃが、対馬にはこのような歌があるぞ」

と言い出すと、やわらかで響きのある声で唄《うた》った。

伊藤小左衛門は
船乗り上手
昼は白帆で夜は黒帆
沖のとなかに
お茶屋をたてて
上り下りの船を待つ

唄い終えた凌海はにこりとした。

「黒帆とは、〈抜け荷〉の船のことじゃろう。沖のとなかにお茶屋をたてて、とは船内に座敷がある大きな船に小左衛門殿が乗って、抜け荷の船の出入りを見守っておる

という、いわば気宇壮大な歌じゃな」

清三郎は小左衛門にまつわる話を聞いて、浄雲の屋敷を襲ったとみられる玄達をふくむ盗賊六人が殺され、二艘《そう》の小舟で生《いき》の松原に流れ着いたという話に納得がいった。

小左衛門が使っている男たちは言うなれば水軍の末裔《まつえい》のような男たちだ。盗賊を退治することなど容易だったはずだ。

だが、それは小左衛門がふとしたことで助けたおゆきに同情し、男たちを始末したということだろう。おゆきは、

——そのひとはわたしに何があったかを知っていて怨みを晴らしてくれました。ですから、もうそのひとのそばから離れることはできないんです

と言っていた。おゆきが小左衛門の世話になっているからには妾《めかけ》になったに違いない。だからこそ小左衛門はおゆきに乱暴した男たちを許さず、ひとり残らず息の根を止めたのだ。

それは自分の女を守ろうとする男のすることではないか。そこまで考えて清三郎はせつなくなった。

(わたしはおゆきを守ることができなかった。おゆきが自分を守ってくれた男のそばから離れられないというのは、当たり前だろう)

しかし、清三郎はおゆきを取り戻したかった。たとえ小左衛門がどれほどの力を持ち、また、おゆきをいとおしんでいるかはわからないが、所詮《しょせん》、妾として遇している に過ぎない。

自ら生きる道をおゆきに重ねようとしているわけではなく、ただ人形のようにかわいがっているだけではないのか。おゆきには、そんな境遇は似合わない。自分とともに、仏師の妻として、地道だが誇りを持った生き方をして欲しかった。

かつておゆきはそれを望んでいた。いまも胸の裡《うち》には、埋《うず》み火《び》のようにその思いがあるのではないか。

清三郎はそう信じたいと思った。かつておゆきとともに暮らした日々の輝きがそうに違いないと感じさせる。

（あのころ、おゆきは光の中にいた。もう一度、光の中へ戻ってもらいたい）

清三郎が物思いにふけっていると、凌海は丸い膝をぽんと叩いた。

「おお、そうじゃ。よいものを見せてやろう」

「何でございましょう」

清三郎が訊《き》くと、凌海は、まあ、待っていなさい、と言いながら違い棚に置かれた手文庫を取って戻ってきた。蓋《ふた》を開けて、中から一枚の小判を取り出した。

「これは伊藤様から、何かのおりにお布施《ふせ》としていただいたものだ。よく見てみなさい」

凌海が差し出した小判を清三郎は手にして、しげしげと眺めた。本来の小判には幕府金銀改方の役藩の名と花押《かおう》が彫ってある。しかし、この小判には、

――長崎　伊藤

の下に伊藤小左衛門の花押が彫ってある。

「和尚様、これは――」

清三郎は息を吞んで小判を見つめた。凌海はにこりとして答えた。

「それが世に言う、〈伊藤小判〉じゃ」

小左衛門が〈伊藤小判〉をどのように使ったのかはよくわからない。ただの贈答用として造らせたのかも知れないが、福岡藩の重臣や長崎奉行への贈り物にしたとすれば、公然たる賄賂《わいろ》だったたとも言えた。

あるいは、このころ東アジアでは金の価格が高騰していたことから、朝鮮や清国、高砂国（台湾）との交易のために小判を鋳造《ちゅうぞう》したとも考えられる。

いずれにしても商人の身で小判を鋳造するとはなんと大胆な、と清三郎は小左衛門の桁外《けたはず》れの富力に驚嘆するしかなかった。そして〈伊藤小判〉の金色の輝きを見つめ

るうちに胸の不安が大きくなってきた。

　おゆきはいまやこのような黄金の輝きに取り巻かれて思いも寄らぬ贅沢《ぜいたく》な日々を過ごしているに違いない。だとすると、昔の清貧な仏師の暮らしに戻りたいと思うかどうかもわからない。

　清三郎はなんとかおゆきを取り戻したいと思って考え込んだ。それは不可能なことのようにも思えるが、どこかに突破口があるはずだ、と思った。

　黙りこくった清三郎を凌海は訝《いぶか》しげに見つめた。しばらくして、清三郎は、

「──そうか」

　とつぶやいた。凌海へ顔を向けて、

「和尚様、お願いの儀がございます。お聞きいただけますでしょうか」

　と訊いた。凌海は、ほほうと言って面白げな顔をした。

「そなたが願い事とは珍しいな。遠慮せずに申してみよ」

「はい、伊藤様はさほどのお金持ちでございますれば、博多の寺社へも様々に寄進をなさっておられると存じます」

「おお、いかにもされておるぞ。当寺には石灯籠《いしどうろう》などを寄進しておられる」

「では、仏像のご寄進もありましょうな」

清三郎が言うと、凌海は、ははあ、とつぶやいた。

「そなた、伊藤様の富強ぶりを聞いて、お抱え仏師にでもなりたいという野心を起こしたのではないか」

清三郎は深くうなずいた。

「さようでございます。お屋敷の内に仏師小屋を作っていただき、そこにて仏を彫ります。その仏を博多のお寺に寄進いたせば、伊藤様のお名も高くなり、寄進された寺も喜びましょう」

「それはそうだが、そなたは中洲に家を借りて仏師の看板をあげているのであろう。伊藤様のお抱え仏師となれば、屋敷から出られぬ籠《かご》の鳥だぞ」

凌海は声を低めて、伊藤様は抜け荷のことがあるゆえ、使用人はよほど身元の明らかな者しか雇わないし、秘事が洩《も》れることを恐れて、めったに宿下がりも許さないそうだ、と言った。

「さようなことは構いません。むしろ引き籠《こも》って仏を彫ることができた方がわたしは嬉《うれ》しいのです」

清三郎は真顔で言った。おゆきのそばにいて、いつか、自分のもとへ連れ帰る機会をうかがうために伊藤屋敷に潜りこもうとしたが、誰にも邪魔されない場所で仏を彫りたいというのも本音だった。

凌海は頭をかきながら少し考えてから、

「もし、どうしてもお抱え仏師になりたいと申すのなら、わしが添え状を書いてやってもよい。しかし、そなたが獅子身中《ししししんちゅう》の虫となって伊藤様にご迷惑をかけるようなことになったら、わしは困るぞ」

と案じるように言った。清三郎は首を大きく横に振った。

「決して、さようなことにはなりません。わたしはただ、静かな場所で仏を彫りたいと思い立っただけなのでございます」

清三郎は断言した。すると耳もとで鑿《のみ》で木を突き刺して、彫っていく、さくっ、さくっ、という音が聞こえてきた。それとともに木の地肌に仏の像が浮かんでくる様が清三郎の脳裏に浮かんだ。仏像は、

——十一面観音菩薩
だった。

(伊藤屋敷に入り込めたら、この菩薩を彫ろう)

なぜ、十一面観音菩薩を彫らねばならないのかわからないまま、清三郎は心に固く決めていた。

十日後、清三郎は凌海の添え状を持って浜口町の小左衛門の屋敷を訪ねた。すでに凌海が話を通しているということだった。

門をくぐり、玄関の隣の脇玄関で声をかけると使用人らしい若い男が出てきた。清三郎が名のるとうなずいた。

「仏師の方が来られたら、奥へお通しするように申し付かっております」

若い男は丁寧な口調で言うと、上がるように清三郎をうながし、さらに奥へ案内した。廊下を通り、いくつか角を曲がると広い中庭が見渡せる縁側に出た。

若い男は縁側に膝をついて、障子越しに部屋の中へ、

「仏師様がお見えでございます」

と声をかけた。入りなさい、という男の声に応じて若い男は障子を開けて、目で清三郎をうながした。

清三郎が中に入ると二十七、八の町人髷《まげ》の羽織を着た男が書見台に向かって書物を読んでいた。年齢から見て小左衛門ではないようだ、と清三郎は思った。

男は書物から目をあげて、

「西光寺の凌海様からお手紙はいただきました。仏師の柊《ひいらぎ》清三郎様でございますね」

と訊《たず》ねた。清三郎は膝行《しっこう》して凌海の添え状を差し出した。男は添え状を何気なく開いて読んだ後、

「わたしは小左衛門の息子で甚十郎《じんじゅうろう》と申します。博多の店を父からまかされております。生憎《あいにく》、父は長崎に行っておりまして、いつ戻るかさだかではありません。しかし凌海様のご紹介なら否《いな》やは申しませんし、屋敷の中で仏像を彫ってもらうのは喜ぶと存じます。仏師小屋は用意いたしましたので、そちらでさっそくお仕事をされてください」

とさわやかな口調で言った。清三郎は頭を下げて、礼を言った。

「ありがたく存じます。懸命に努めさせていただきます」

「もし、いり用の物がありましたら、女中か下男にでも言い付けてください。さっそくお持ちするはずですから。父は長崎から戻りしだいご挨拶《あいさつ》に参ると存じます」

甚十郎はにこりとして言うと、また書物に目を転じた。

すぐに仏師小屋に行けということだと思い、清三郎はお邪魔いたしました、と挨拶して頭を下げてから縁側に出た。

若い男がまだ控えていて、こちらへ、と声をかけた。仏師小屋に案内するようだ。

清三郎は黙って男に続いた。

縁側の端から渡り廊下を通ってさらに奥へ進むと小さな池がある奥庭に出た。趣のある茅葺《かやぶき》の茶室が立っている。その茶室と池をはさんで向かい側に板屋根の小屋が立っていた。ひと目見て、浄雲の屋敷の仏師小屋に似ていると思った。

男は渡り廊下の階《きざはし》から下りると清三郎に用意されていた下駄を履くように言った。そして仏師小屋へと連れていかれた。

小屋の中は土間があって、板敷が続き、浄雲の仏師小屋そのままだった。わずかばかりの間に大工に建てさせたらしく瑞々《みずみず》しい木の香りがした。

「道具などは用意させていただいております。夜は母屋《おもや》の部屋で休んでいただきます」

男はそれだけ言うとあっさり小屋を出ていった。

清三郎はひとり残されてしばらくぼんやりしていたが、棚に鑿などの道具が置かれているのを見て、手に取った。持ち重りのする立派な道具だった。

中洲の家にあらためて道具を取りに戻るつもりだったが、これなら使えそうだ、と思った。小屋の隅に材料となる木材が積まれているのを見て、鑿を手にしたまま近寄った。

ためしに木の表面に鑿の刃先をあててみると、重みだけでさくりと吸い込まれるように刃先が木に食い込んだ。

「これはいい――」

思わずつぶやいて、いい仕事ができそうだ、と思った。そして、木を見つめて、これから彫ろうとしている十一面観音菩薩を思い描いた。

十一面観音菩薩は六観音の一つであり、頭に小さな十一の面相がついている。十一面は、正面の三面が慈悲の菩薩相をしており、左の三面は怒りを表した恐ろしい顔の瞋怒《しんぬ》相である。

そして右の三面は菩薩相に似ているが、よく見ると狗歯《いぬば》を上にむき出している狗牙《くげ》上出《じょうしゅつ》相だ。さらに後部にある一面は大笑している大笑《たいしょう》相だ。頭頂には如来相が正面を向いてつけられている。

十一面観音菩薩は、「一切のかよわき命、すべてを救うまでこの身、菩薩界に戻らじ」という誓願を立てた菩薩だとされている。

その誓願は、大慈大悲闡提《だいじだいひせんだい》とも言われる。闡提とは、仏教で言う救われぬ者のことだ。大慈大悲闡提は、一切衆生《しゅじょう》を救うまでは闡提として留《とど》まる仏なのだという。

救われぬ者をこそ救おうと、

――救わで止《や》まんじ

の誓願を持つのが十一面観音菩薩だった。清三郎は木の肌をゆっくりとなでながら、おゆきのことを思い浮かべた。

おゆきはこの屋敷にいるに違いない。きっと会える。会ったら、そのときは、自分のところへ戻ってくれと土下座してでも頼もうと清三郎は思った。

庭から喧《かまびす》しい蟬《せみ》しぐれが聞こえていた。

八

清三郎が伊藤屋敷に来てひと月がたった。

秋の気配が訪れようとしていたが、おゆきは姿を見せない。

小左衛門もまだ長崎から戻らないらしく、清三郎は食事の膳を運んでくれる女中と言葉をかわすほかは、黙々と仏師小屋で鑿《のみ》を振るった。この日も鑿を手にしていると、不意に後ろから、

「どうしてあきらめてくれないのでしょうか」

と女の声がした。振り向くと、いつかのようにおゆきが戸口に立っていた。

――おゆき

清三郎は声をかけて土間へ飛び降り近寄ろうとした。おゆきは身を固くして、

「来ないでください」

と声を高くした。こわばった表情をしている。

「この間、お会いしたのは、もう捜さないで欲しいと言うためでした。それなのに、この屋敷にまでなぜ入ってこられたのですか」

清三郎は土間に身を伏せて手をつき、額を土間にこすりつけるようにして土下座した。

「お願いだ、わたしのもとへ戻ってくれ。また、昔のように暮らしたいのだ」

清三郎が必死に言うと、おゆきは耳を両手でおおって頭を振った。

「あなたはいつもそうです。ご自分の気持ばかりを押しつける。それがわたしにとって辛《つら》いことだとなぜ、わかってくれないのですか。わたしは忘れたいのです。盗賊に襲われた夜のことを、そしてわたしを捨てて京へ上《のぼ》ったあなたのことも――」

「おゆき――」

清三郎は言葉を詰まらせてうなだれた。おゆきは憐《あわ》れむように清三郎を見た。

「わたしは小左衛門様に救われ、いまでは幸せに暮らしています。あなたのもとへ戻らなくてもいいのです。そのことをわかってください」

清三郎がうつむいたまま何も言えずにいると、おゆきは彫りかけの仏像に悲しげな目を向けた。

「あなたは、この仏像を彫ることでわたしを救おうなどと考えていらっしゃるのでしょう。だけど、考えてみてください。ひとが救おうとして救えないものが、木の仏像に救えるでしょうか。救えるはずがないじゃありませんか」

おゆきは、もう無駄なことはやめて、この屋敷から去ってください、と言い置いて仏師小屋から出ていった。

清三郎は下を向いたまま、ぼう然としていた。しばらくして、ふと、顔をあげた。彫りかけの十一面観音菩薩像を見て、訝《いぶか》しく思った。さっきまで、仏像だと思っていたものが、ただの木材にしか見えないのだ。

「まさか――」

清三郎は立ち上がって十一面観音菩薩像をじっくりと見た。頭の上にのった菩薩の小さな顔が気味悪く感じた。

「そんな馬鹿な」

清三郎はそばに寄って手でゆっくりと仏像をなでた。しかし、彫り進んできた仏像の形が何を表しているのかが頭に入ってこない。木の表面が鑿で削られ、その跡が形をなしているだけに思える。

何度手でさすってもただの木材だった。菩薩相も瞋怒相も狗牙上出相もその表すところが伝わってこない。

清三郎は菩薩像の後ろ側を見てみた。そこには大笑相があった。大笑相からは何かが伝わってくる。

はは
はは
それは嘲《あざけ》る笑いだった。大笑相は狼狽《うろた》える清三郎の様を嗤《わら》っていた。

木の仏像にひとは救えないとおゆきに言われて、木に仏性《ぶっしょう》を見出《みいだ》せなくなってしまったのだ、と清三郎はようやく気づいて愕然《がくぜん》とした。

（わたしはどうしたのだ）

かつて浄雲の工房で仏を彫っていたときも、

「木に仏性が見出せない」

とよく口走った。だが、それは木の中に仏性があるに違いない、ただ、自分には見えないだけだ、という思いからだった。

たとえ、どのような思いで彫ろうと、できあがった仏像には荘厳なものを感じて、自然に手を合わせていた。しかし、いま、清三郎の目に彫りかけの仏像はただの木材としか見えず、何の深みも神秘な面もなかった。

木の表面をなでても、温かみが伝わってこない。手の暖かさがひやりとした木の表面に虚《むな》しく吸い込まれていくだけだ。

(この木には何もない)

空虚なだけだ、という思いが湧いて、恐ろしくさえなった。

この世のすべてのものが、実は虚しいのではないか。おゆきを救いたいと願う気持すらも。

この日から清三郎は仏像を彫らなくなった。

仏師小屋で目を閉じ、座って、何事かを考え続ける日々を送った。食事の膳を運んでくる女中とも言葉をかわさなくなった。

秋が深まるころには無精髭《ぶしょうひげ》が伸び、瘦《や》せて頰《ほお》がこけた顔は狼《おおかみ》を思わせるようになっていた。そんな清三郎の様子を甚十郎がのぞきにきたが、眉をひそめただけで何も声をかけずに母屋へ戻っていった。

おゆきが仏師小屋に来ることもなかった。

しだいに寒さが募り始めたある日、戸口から、声もかけずにひとりの中年の男が入ってきた。町人髷で羽織を着ている。

瘦せぎすで肌の色が浅黒く鼻筋がとおった細面《ほそおもて》の顔だ。眉があがり、目が鋭く口もとが固く引き結ばれて精悍《せいかん》な風貌《ふうぼう》には威厳があった。

男は土間にある彫りかけの十一面観音菩薩像を眺め、座っている清三郎に皮肉な視線を投げかけた。やおら十一面観音菩薩像に手をかけると、ごろんと土間に倒した。

その音ではっと目を開けた清三郎が見ている前で男は土間に横たわった十一面観音菩薩像にゆっくりと腰を下ろした。

「何をする」

清三郎は怒気を含んだ声を発した。

男はにやりと笑って、

「わしはこの屋敷の主人の伊藤小左衛門だ。この屋敷の内にある物はすべてわしの物のはずだ。この材木もそうであろう。自分の物に腰かけて何が悪いのかわからんな」

と言った。小左衛門の声はよく通り、渋かった。清三郎は膝を正して、小左衛門の顔を見つめた。

「わたしはお留守中に屋敷に入れていただいたお抱え仏師の柊清三郎と申す者でござ

います。いま、伊藤様が腰を下ろされたのは、わたしが彫っております十一面観音菩薩像でございます。仏罰のほども恐ろしゅうございますゆえ、お立ちを願います」

「わしに仏罰が下ると言うのか」

小左衛門はからからと笑った。そして腰かけている十一面観音菩薩像をぴしゃぴしゃと手で叩いた。

「これはわしにはただの材木にしか見えんな。あんたの目にもそうなのかと思いましたぞ。わしはきょう長崎から帰ったのだが、先ほど甚十郎に聞いたところ、あんたは、これを放ったらかしにして、いっこうに彫ろうとはしないそうじゃないか。仏像が彫られないのなら、ただの材木ということになる。わしが腰を下ろして、なぜ、仏罰が下るのだ。あんたは面白いことを言うひとだ」

清三郎は唇を噛んで黙りこんだ。仏像が彫られなければただの材木だと言われてしまえば返す言葉がなかった。

小左衛門はじっと清三郎を見ていたが、ゆっくりと立ち上がった。

「さて、あんたの面白い話はうかごうたので、わしは店に戻ろう。それにしても、これは邪魔だな」

十一面観音菩薩像を見下ろした小左衛門はやおら草履を履いた足をあげた。十一面観音菩薩像に足をかけて転がそうとする。

「やめろ——」

清三郎は立ち上がって怒鳴った。手にはいつの間にか鑿を握っていた。小左衛門はじろりと清三郎を睨《にら》んだ。

「雇い主に向かって、やめろ、とは随分、無礼な言い方をするひとだ。仏師様はそれほど偉いのかね。いや、仏を彫ろうとしていないあんたは仏師とは言えないと思うがね」

小左衛門の言葉に清三郎は板敷に膝をついて頭を下げた。持っていた鑿は放り捨てて手をつかえる。

「失礼なことを申しました。申し訳ございません。ただ、わたしは、もう一度、その仏を彫ろうかと思います。それゆえ、足蹴《あしげ》にされたくはないのでございます」

「ほう、いままで放ったらかしにしておいて、また彫りたいというのか。随分と身勝手なひとだ」

小左衛門はつめたく言い放った。清三郎はしばらく黙っていたが、思い切ったように口を開いた。

「わたしは伊藤様が世話をされているおゆきの夫でございます」

「知っている。それがどうした」

小左衛門はいささかも動じないで訊いた。清三郎は額に汗を浮かべ、膝に置いた手を震わせながら話した。

「わたしは、おのれの我儘《わがまま》から京へ修行に参り、その間に師匠の浄雲先生は賊に襲われて殺され、おゆきはひどい目に遭いました。それからおゆきは彷徨《さまよ》っています。おゆきにわたしのもとへ戻ってもらいたくて、このお屋敷に参り、仏像を彫っておりました。しかし、おゆきから、戻りたくはない、木の仏像でひとは救えぬと言われて、彫れなくなったのです」

「だったら、もうあきらめた方がいい」

小左衛門の声には非情な響きがあった。清三郎は頭を横に振った。

「いえ、いま、伊藤様が仏像を足蹴にされたのを見て、わたしの胸はひどく痛みました。わたしは、それをただの材木ではなく、仏だと思っているとわかったのでございます」

「だが、おゆきの言う通り、木の仏にはひとを救う力はなかろう」

小左衛門は突き放す言い方をした。

「たとえ仏像は救えなくとも、仏像にかけたひとの思いはひとを救えるのではないでしょうか」

「仏像にかけたひとの思い――」

首をかしげて小左衛門は清三郎を見つめた。

「十一面観音菩薩は悲しい仏様でございます。この世の一切のひとびとを救わなければ仏様の世界に戻らぬ覚悟を定めておられるということです」

「大《だい》慈《じ》大《だい》悲《ひ》闡提《せんだい》か――」

小左衛門の目に光が宿った。さすがに仏教の言葉も知っているようだ。

「さようでございます。しかし、この世のひとがすべて救われるということがありましょうか。十一面観音菩薩は未来永劫《えいごう》、この世に留まって、ひとを救おうとする覚悟を示した仏様だと存じます」

「だから、あんたもおゆきを救うことをあきらめない、と言うのだな」

「さようです。決してあきらめないという思いを込めて十一面観音菩薩を彫らねばならないと、たったいま気づきました」

清三郎は力を込めて言い切った。小左衛門は薄笑いを浮かべて言葉を継いだ。

「とは言っても、おゆきはいまではわしの妾だ。いわばこの十一面観音菩薩と同じことだ。わしの尻に敷かれ、足蹴にされ、泥にまみれた。それでも、仏になれるとお思いか」

「わたしが心をこめて彫ればできることだと思います」

清三郎は自分に言い聞かせるように言った。

「たとえ、そう思ったとしても、いずれ許せなくなる。わしといるときのおゆきの顔をあんたは知らんだろう。わしの前でおゆきがどんな顔をしているのか、と思えば妬《ねた》ましく、憎らしくなってしまうに違いない」

試すような小左衛門の言葉に清三郎は目を閉じて答えた。

「女人には様々な顔があると存じます。おゆきが賊に襲われたときの顔を思えば、わたしは胸が張り裂けそうになります。そのほかにも、怒った顔、悲しむ顔、笑う顔、さまざまな顔が十一面観音菩薩のようにあろうかと思います。しかし、それらの顔をすべていとおしんでこそ、女人をいとおしむことになるのだと存じます」

小左衛門は、はは、と笑った。

「言うはやすく行うは難し、とはこのことだ。わしはさように女人をいとおしんだ男を見たことがない。精々、三つ、四つの顔を見ただけであきらめてしまうものだ。あんただけ違うとは思えんな」

清三郎はかっと目を見開いた。

「そうなのかもしれませんが、わたしは誓願を立てました」

「ほう、どのような誓願だ。言ってみなさい」

小左衛門は目を鋭くして、清三郎を見据えた。

「救わで止《や》まんじ――」

清三郎は仁王立ちしてきっぱりと言った。

十一面観音菩薩のようにおゆきを救うことを止めはしないのだという覚悟を定めていた。それを聞いて小左衛門は大きく口を開けて笑った。

「おゆきは、もうわしが救っておる。おゆきを襲った賊も始末してやったし、後はすべてを忘れることだけだ」

清三郎はゆっくりと頭を振った。

「いいえ、おゆきはまだ闇の中におります。それがわたしにはわかるのです」

小左衛門は笑い納めると、

「面白いことを言う仏師殿だ」

とつぶやいて仏師小屋から立ち去った。

清三郎は土間に下り十一面観音菩薩像を抱え起こすと、いとおしげに表面についた泥を払った。そして板敷に転がった鑿を手にした。鑿を持ち、土間に戻った清三郎は、真剣な表情で十一面観音菩薩像と向かい合った。

小屋の板屋根に吹き付ける風の音が聞こえてくる。

九

さくっ
鑿《のみ》の音だけが仏師小屋で響いた。

小左衛門と会った日から清三郎は鑿を手に十一面観音菩薩を彫っていた。細かい彫りに心を遣い、全体の仕上がりを気にして、何度も小屋の隅までいって窓からのわずかな明かりを頼りに眺めてみた。

「これは、ただの材木か、それとも仏か」

清三郎は鑿を振るいながら、何度もつぶやいた。

時に、ただの材木に過ぎないのではないか、という声が胸の裡《うち》に湧いた。同時に、いや、仏だ、紛《まぎ》れもなく仏なのだという心の声もする。

一度、鑿を振るうたびに両方の声がもつれあい、響き合うようだった。

――仏だ、仏だ

清三郎は何度も念じるようにつぶやいた。

そのうちに清三郎は鑿を持つ自分の手から何かが十一面観音菩薩像に流れていくような気がした。体から湧き出したものが仏像に注ぎ込まれていく。

指先に痺《しび》れを感じて、清三郎はふと、悟った。

木に仏性はなく、ひとに仏性あり、仏像を彫るとは、すなわち、わが仏性を木に注ぎ込み、仏の像となすことなり。

（そういうことだったのか）

仏を彫るには、まず、わが身に仏を宿さねばならない。それには、仏の心をわが心となすことだ。仏の心とはなにか。一切の衆生《しゅじょう》を救おうとする大慈悲である。

そんな考えが清三郎の頭の中を駆け巡った。しかし、鑿を持つ手はゆるむことがなかった。仏の心とは考えではない、なすことだ。

なさずして、仏の心を推し測っても、それは遠くにある。まず、なすことこそが仏の心をわがものとする道に違いない。

清三郎はもう何も考えようとはしなかった。ただひたすら鑿を振るい、できあがっていく十一面観音菩薩を見つめ続けた。

足りないものはないか、多過ぎるものはないか。端々《はしばし》まで目を光らせ、何事かに気づいた瞬間にはためらいなく鑿を振るった。
満足に食事もとらず、風呂に入らず、痩《や》せていきながらも目は爛々《らんらん》と輝きを増して
いった。十一面観音菩薩像ができあがっていくことが、たまらない歓《よろこ》びとなっていた。
この仏がこの世を救うと思えば、ただひたすらにありがたく、その像を世に造り出
すことの嬉《うれ》しさに胸が震えた。もはや、自分が作っているとも思えない。
木の内に隠れていた十一面観音菩薩が木の表皮を割り、自らが出てくるかのようだ。
その力強さが鑿から伝わってくる。
考えて鑿を振るうわけではなかった。木の中の十一面観音菩薩が鑿に手をさしのべ、
導いてくれるのだ。
それに従って鑿を持つ手を動かせばいい。すると、
さくっ
さくっ
鑿が木に吸い込まれていく。
ある日、清三郎の鑿が止まった。
晩秋の長い陽差しが戸口から小屋の奥まで差し込んでいる。すでに夕刻なのか薄赤

く染められたような光だ。

清三郎はじっと十一面観音菩薩像を見つめた。

そこには、たしかに仏が立っている。慈悲の心が、怒りの思いが、嘆きの気持が備わった仏が夕日を受けて赤く縁どられて静かに佇《たたず》んでいた。

「ようやく、できましたな」

声をかけて甚十郎が入ってきた。

「やっとの思いで彫りました」

清三郎はぼう然としてつぶやいた。いつ造り上げたのか、自分でもよくわからない。気づいたら目の前に十一面観音菩薩がいたのだ。

わたしのもとへ来てくださってありがたい、と思う気持が胸にあふれていた。甚十郎は十一面観音菩薩像に近づいて、

「父はあなたがきっとすばらしい仏像を彫られるに違いないと申していました」

とつぶやくように言った。

「伊藤様が――」

「そうです。父はまた長崎に参りました。あなたが彫った仏像が見たいが見るのが恐《こわ》い気もする、と申していました」

れないことだった。

「恐いなどと、なぜ思われたのでしょうか」

清三郎は不審に思って甚十郎へ顔を向けた。あの小左衛門が恐れを抱《いだ》くなど信じられないことだった。

「あなたが彫った仏像を見れば、慈悲の心が湧くだろう。それが恐いと父は言っておりました」

甚十郎が微笑して答えた。

「伊藤様は厳しくあられますが、まことは慈悲の心を持った方だと存じます。慈悲の心を持つことを恐れられずともよいように思いますが」

清三郎が言うと甚十郎は頭を横に振った。

「いえ、父は荒くれどもを使って船を動かし、大きな商売をいたしております。そのため時にはひとに酷《ひど》いこともいたさねばなりません。しかし、その商売はおのれが利を得るためだけでなく、この国のひとびとの利になることでもあるのです。その商売をなすため、父は悪鬼羅刹《あっきらせつ》の生き方をしています。慈悲の心を持つことは許されていないのです」

甚十郎の言葉に込められた厳しさが清三郎の胸を打った。小左衛門が行っている抜け荷は、藩の密命によるものなのかもしれない、と思った。福岡藩を豊かにするため、あえて汚れ役を小左衛門は引き受けているのではないだろうか。

「伊藤様のお心を、この仏像が慰めることができるとよいのですが」

「あなたがこの十一面観音菩薩像で心を慰めてほしいと思っているのはおゆきさんでしょう」

甚十郎にいきなり言われて清三郎ははっとした。

言われてみれば、そうに違いなかった。もともとその思いで鑿を手にしたが、仏性を見出せなくなり、焦《あせ》る思いの中で仏像を彫ることだけを考えるようになっていたのだ。

甚十郎はにこやかに話を継いだ。

「父は夜中に船で博多に入ったおり、おゆきさんが身投げをしているのに気づき、助けたのです。そしてこの屋敷に連れてきて、世話をして参りました。わたしもおゆきさんから、あなたのことは聞いていたのです」

「そうでしたか」

すべてを知られていたのかと思うと清三郎は却《かえ》って気が楽になった。小左衛門の秘事を探り出すために屋敷に入ったと思われたらどうしようかという危惧を抱いていた。

甚十郎は小屋の中を見まわして言った。

「この小屋に来られたとき、以前、あなたがおられた浄雲先生の仏師小屋によく似ているとは思われませんでしたか」

「はい、たしかに、その通りですが」

清三郎は目を瞠《みは》って甚十郎の次の言葉を待った。

「西光寺の湊海和尚からあなたのことを頼まれたとき、これはおゆきさんを連れ戻したくてこられるのだ、とすぐにわかりました。だから、断ったほうがいいのだろうか、と思っておゆきさんに相談したのです」

「おゆきは、わたしが来ることをあらかじめ知っていたのですか」

清三郎は息を呑《の》んだ。

「そうです。しかし、おゆきさんは、断ってくれとは言いませんでした。却って、わたしにこの仏師小屋を作ってくれと言われたのです。浄雲先生の仏師小屋と同じ小屋であなたに仏像を彫ってもらいたかったのです」

「そうだったのですか」

おゆきが浄雲の仏師小屋と同じ小屋で仏像を彫らせようとしたと聞いて、清三郎の胸に温かい思いが湧いてきた。思えばあのころは何も思わず、おたがいを慕っていただけだった。

「おゆきさんは、あなたが仏像を彫られる様子をそっと見守っていました。そのまま会わないつもりでいたのに、どうしても我慢できずにあなたに声をかけてしまった。あなたによい仏像を彫ってもらえればそれで満足だから自分のことは忘れて欲しいと伝えたかったのです。しかし、思いがあふれ、心が乱れたあまり、木の仏像にひとは救えないと言ってしまったそうです」

「それ以来、わたしは仏像を彫ることができなくなりました」

清三郎はなぜあれほど動揺してしまったのだろう、と思い返した。おゆきから戻るつもりはないと言われ、心の持って行き場がなくなり、虚《うつ》ろになったためかもしれない。そして木に仏性を見出せなくなったのだ。

「おゆきさんは、木の仏像でなく、あなたに救って欲しかった、と伝えたかっただけなのです。しかし、あなたがその日から仏像が彫れなくなったと聞いて、自分を責め、苦しんでおられました。そこへ父が戻り、おゆきさんからあなたの話を聞いたのです」

「それで伊藤様は小屋に見えられたのですか」

「はい、あなたを励ますため、わざと憎まれ口をきいたようです」

清三郎は小左衛門の言葉の端々を思い出した。つめたい言葉を投げかけ、清三郎を奮《ふる》い立たせようとしていたのだとわかる。

「わたしは何も知らずに、失礼な物言いをしてしまいました」

「いえ、父はあなたが覚悟を定められたことを喜んでいました。そのことを伝えると
おゆきさんも涙にくれていました」

甚十郎の言葉を聞いて、清三郎ははっとした。

「おゆきはどこにいるのでしょう。この仏像が彫れたのは、おゆきと伊藤様のおかげです。ぜひ、見てもらいたいのです」

甚十郎は頭を振った。

「おゆきさんは父とともに長崎へ行かれました。これ以上、この屋敷にいては苦しいだけだと言われました。おゆきさんはあなたが連れ戻そうとされることを心の底ではありがたいと思っておられます。しかし、いまなお信じられずにいるのではないでしょうか」

「おゆきは何を信じられないのでしょうか」

途方にくれる思いで清三郎は訊《き》いた。立派な仏像を清三郎に彫らせたいという思いがあるのなら、なぜおゆきは戻らないのだろう。

「信じられないのはあなたの心です」

甚十郎ははっきりと口にした。

「わたしの心――」

愕然《がくぜん》として清三郎は胸に手を当てた。

「いま、あなたはおゆきさんを連れ戻すことに懸命ですが、もし戻ったとき、あなたがおゆきさんが乱暴されたことを思い出して苦しみ、そのあげく、おゆきさんを憎むのではないかと思っておられるのです」

「そんなことは、わたしは――」

清三郎が懸命に言いかけるのを甚十郎は遮った。

「いいえ、ひとの心はやはりわからないとわたしも思います。心の闇にどのような思いが潜んでいるかは、そのときにならないとわからないものです」

言われてみれば、そうかもしれない、と清三郎は思った。京から帰って浄雲の非業の死とおゆきが行方不明であることを知って、おのれを責め、何とか助けたいとおゆきを捜し回った。その気持に嘘《うそ》はなくとも、心のどこかに罪滅ぼしをして、自分を許したい、という気持もひそんでいたようだ。

おゆきは、そんな清三郎の心を見抜いていたのかもしれない。清三郎が肩を落とすと甚十郎は慰めるように言った。

「おゆきさんはあなたが食事の膳を戻しにいくおりなどに、こっそり小屋に入って仏像を眺めて泣いていたようです。あなたがすばらしい仏像を彫っておられるのが、本当に嬉しかったのではないでしょうか」

甚十郎の言葉に清三郎は胸を打たれた。十一面観音菩薩のようにおゆきを救うことをあきらめない、とは何という傲慢《ごうまん》な言葉だったか、と思う。仏像を彫れなくなっていたのを救ってくれたのはおゆきではないか。

おゆきこそ自分を救ってくれたのだ。

清三郎は暗い気持が晴れていく気がした。いまは遠ざかっていてもおゆきはいつか必ず自分のもとへ戻ってくると思った。

清三郎は十一面観音菩薩像をあらためて見た。その慈悲の顔にはおゆきの面影がある。なぜ、いままでそれに気づかなかったのだろう。

清三郎の目から涙が滴《したた》り落ちた。

十

寛文七年（一六六七）六月——

清三郎が伊藤家のお抱え仏師となって一年近くがたとうとしていた。おゆきは去年の秋、小左衛門《こざえもん》とともに長崎へ行ったまま、いまだに博多へ戻らない。

清三郎は十一面観音菩薩を彫り上げた後、羅漢《らかん》を彫っていた。羅漢とは釈迦の弟子である仏道の修行者のことで、十六羅漢、五百羅漢などがある。

清三郎が小左衛門の依頼で彫っているのは、羅漢の中でも釈迦の高弟である十大弟子だった。すぐれた弟子たちにはそれぞれの特徴があり、清三郎がこれまで彫ったのは、釈迦の教えをよく理解したことから「智慧《ちえ》第一」と称された、

――舎利弗《しゃりほつ》

衣食住に執着せず足るを知り、「頭陀行《ずだぎょう》」にすぐれて「頭陀第一」とされた、

――摩訶迦葉《まかかしょう》

説教を聞きながら居眠りをしたことを恥じて釈迦の決して眠らない不眠の行《ぎょう》を行って失明したが、かわりに、智慧の眼である〈天眼《てんげん》〉を得たので「天眼第一」と讃《たた》えられた、

――阿那律《あなりつ》

仏教における難解な「空」を理解すること第一で「解空《げくう》第一」と称せられた、

――須菩提《しゅぼだい》

釈迦の教えを理解して説くところが第一であったことから「説法第一」と称せられ、雄弁者として讃えられた、

——富楼那《ふるな》

聖典の中で真理を極める論議を多くして「論議第一」と称せられた、

——迦旃延《かせんねん》

釈迦が決めた戒律を怠りなく実践した「持律《じりつ》第一」の、

——優波離《うばり》

釈迦の実子で教えを厳密に守り、精進して解脱したことから「密行《みつぎょう》第一」と言われた、

——羅睺羅《らごら》

の八体である。

仏師小屋に八つの羅漢が並んだ光景は壮観だった。どの仏像も修行者の高徳だけでなく、ただのひととしての悲しみ、苦しみ、憤《いきどお》りを表してもいた。仏へならんとする前の苦行の思いが滲《にじ》み出ているかのようだった。

ある日、仏師小屋を訪れた甚十郎は、羅漢像を前にして、

「これは見事だ」

とつぶやいた。清三郎は仏像を彫る手を休めて甚十郎に顔を向けた。

「恐れ入ります」

甚十郎は羅漢のひとつに近づいた。つつましやかな表情をして手を衣で隠している仏像だった。

「この羅漢様は何と言われるのでしょうか」

「羅睺羅でございます。釈迦の御子であり、特に厳しい修行をされた方だそうです」

「そうですか」

甚十郎はなおもしげしげと見入った後、つぶやくように言った。

「どことなくわたくしに似ている気がします」

「さようですか」

清三郎は少し驚いて立ち上がると、羅睺羅に見入った。

「そう言われてみればそうかもしれませんが、わたしは甚十郎様のお顔は別な羅漢に写したいと思っておりました」

「別な羅漢ですか？」

「はい、阿難《あなん》でございます」

「どうしてわたしが阿難なのでしょう」

甚十郎は興味深げに訊いた。清三郎は淡々と答える。

「阿難は二十五年もの間、お釈迦様に仕えて身の回りの世話をして、しかも説法を聞く機会も多かったことから、多聞《たもん》第一と呼ばれたそうです。甚十郎様はお父上の小左衛門様によく仕えられ、小左衛門様のおっしゃることもよく聞かれているので多聞第一ではないかと存じました」

甚十郎はうなずいてから、あらためて八体の羅漢像を見まわした。

「ということは、他の羅漢も清三郎さんがこの屋敷に来てから目にした男たちの顔を写しているのですね」

「さようです。わたしはおゆきを小左衛門様に救っていただきました。言うなれば小左衛門様はわたしとおゆきを救ってくださったお釈迦様です。十大弟子の仏像を彫るように言われたとき、それならば、小左衛門様に仕える方々を羅漢の顔にいたそうと思ったのでございます」

「なるほど言われてみれば船頭の瀬兵衛や〈胴突《どうつき》〉の六郎右衛門、船頭の小兵衛、〈朝鮮通事〉の檜垣《ひがき》市蔵、番頭の弥五兵衛、手代《てだい》の市松、それに用心棒の村井新五郎と倉蔵、富吉にそっくりだ。驚きました」

甚十郎は羅漢像の前を往《い》ったり来たりしながら、顔を確かめては感心したようにう

なずいた。そしてふと、立ち止まり、

「そして阿難がわたしだとすると、もう一体の羅漢は誰の顔を写すのですか」

と訊いた。清三郎はためらうように少し黙った。うかがうように甚十郎の顔を見てから口を開いた。

「申し訳ありません。おこがましいことなのですが、わたしの顔を目連《もくれん》に写そうと考えておりました」

甚十郎は清三郎の顔をじっと見つめた。

「もくれん、とはどのような羅漢なのですか」

「正しくは目犍連《もくけんれん》というのだそうですが、行きたいところへ行くことができる〈神足通《じんそくつう》〉という神通力を持った羅漢だそうです。亡くなった母親を捜して、天界から人界、地獄まで駆け巡ったところ、母親が餓鬼《がき》道に落ち、痩《や》せ細った哀れな姿でいるのを見つけたそうです」

「それは気の毒なことですね」

甚十郎はわずかに眉をひそめた。清三郎はうなずいてから話を続ける。

「目連が母親に食べさせようと鉢《はち》に盛った飯を差し出すのですが、母親が口にする前に火炎となって、食べることができませんでした。困った目連がお釈迦様に教えを乞うと、僧侶たちが雨の季節に同じ場所に集まって修行する〈雨安居《うあんご》〉が終わる日に、僧侶たちに飲食百味を供養《くよう》すれば、僧侶たちの力を合わせて母親を救えると諭《さと》されたのです。目連はお釈迦様の教えに従い、母親を餓鬼道から救い出しました。これがお盆供養の始まりなのだそうです」

清三郎の話を聞き終えた甚十郎はあらためて羅睺羅の像に近づくとやさしげな顔に見入った。

「清三郎さんが目連に顔を写そうと思い立ったのは、おゆきさんのところへ行く〈神足通〉を得たいからなのでしょう」

振り向かずに言う甚十郎の背に向かって清三郎は答えた。

「正直に申せば、わたしはいまも、おゆきを取り戻したいと願っております。そのためには長崎であろうとどこであろうと、駆けつけることができる力を持ちたいと望んでおります」

さようですか、とつぶやいた甚十郎はゆっくりと振り向いた。なぜか、甚十郎はこれまでにない厳しい表情をしていた。

「清三郎さん、突然な話で申し訳ないのですが、この八体の羅漢像はここに残し、後、ふたつの羅漢は清三郎さんの中洲の仏師小屋で彫って欲しいのです」

清三郎は息を呑んだ。

「このお屋敷を出ていけと言われるのですか」

「清三郎さんが抱え仏師であることはかわりがありません。今後は中洲の家に金を届けさせます」

甚十郎は冷徹な口調で言った。

「それは、おゆきが戻ったとき、わたしがお屋敷にいては邪魔だからでしょうか」

清三郎は睨むようにして甚十郎に目を向けた。甚十郎は苦笑して頭を振った。

「決して、そういうことではありません。おゆきさんもこの屋敷に戻ってこられるかどうかわからないのです」

「どういうことでしょう。おゆきはまた、どこかへ行ってしまうのですか」

不安になった清三郎は甚十郎に詰め寄った。

「それはわたしにはわからないのです。大きな力が決めることなのですから。清三郎さんは明日にでもこの屋敷を出てください。それがあなたのためなのですから」

甚十郎はきっぱり告げると、清三郎が何を訊いても答えないという素振りで背を向けて戸口へ行こうとした。ふと、立ち止まった甚十郎は、

「清三郎さん、父はおゆきさんを助けましたが、妾などにはしておりません。わたし

の母は大層、悋気《りんき》の強いひとで、妻妾《さいしょう》同居など許すひとではありません。伊藤小左衛門は世間のひとから畏怖《いふ》されていますが、家に戻れば女房殿の機嫌をうかがう、普通の男なのです。おゆきさんを気に入って世話はしていても決して自分のものにしたりはできないのですよ」

と言ってくすりと笑った。

「まことでございますか」

清三郎はすがるように訊いたが、甚十郎は答えずに仏師小屋を出ていった。

戸口から出て甚十郎の背中を見送りながら清三郎は、

「おゆきは伊藤様の妾にはなっていなかったとは、本当のことだろうか」

とつぶやいた。

曇り空から小雨が降り出した。

清三郎が中洲の家に戻って十日が過ぎ、七月に入った。蒸し暑く、蟬《せみ》しぐれが喧《かまびす》しい日だった。

この日も清三郎は仏像を彫っていた。すでに甚十郎の顔を写した阿難は彫り上がっている。

小屋の隅に立つ阿難はととのった若々しい顔立ちで「多聞第一」と称されるにふさわしい考え深い表情をしている。清三郎は続いて目連を彫り始めていたが、ときおり作業の手を休めて阿難像に見入った。

なぜ伊藤屋敷を出ていくように突然、甚十郎が言い出したのか、理由がいまもわからないでいた。清三郎の彫る仏像が気に入らなかったわけではないことは、彫り上げた羅漢像八体を、博多の相国寺にすぐに納めたことでもわかった。

阿難像を彫り上げたことは伊藤屋敷に報《しら》せており、間もなく伊藤家の者が引き取りに来るはずだった。そのうえで阿難像も相国寺に納められることになるのだろう。仏像が気に入らなければそんなことをするはずがなかった。

では、なぜ甚十郎は清三郎は屋敷から出したのか。

そのことを考えるたび、清三郎は、何か悪いことが起きようとしているのではないだろうか、という不吉な予感がした。

それだけに釈迦に仕える十大弟子を早く彫り上げたいという気になっていた。伊藤小左衛門が釈迦だとすれば、十大弟子は小左衛門に仕え、守っていく男たちだ。

伊藤家に災いが起きないように願うのはおゆきの身の上を案じるからでもあった。小左衛門という大きな力を持つ男にかばわれてこそ、悲運に陥ったおゆきは命を永らえることができたのだ。

小左衛門に災いが及んで欲しくなかった。そんなことをぼんやり考えてから、ふたたび鑿《のみ》を振るおうとしたとき、

「おお、家に戻っていたか」

と声がした。牧忠太郎が戸口から長い顔をのぞかせて嬉しげに笑っている。

「なんだ。わたしが家に戻っていてはおかしいのか」

忠太郎の言い方を訝《いぶか》しく思って清三郎は訊いた。忠太郎は土間に入ってくると板敷に腰かけた。

「そうか、まだ聞いておらんのだな」

忠太郎は間延びした声でつぶやいた。

「なにかあったのか」

清三郎は胸がざわめくのを感じた。忠太郎はゆっくりと口を開いた。

「お主が伊藤小左衛門のお抱え仏師になったと聞いておったのでな。まだ、伊藤屋敷にいては咎《とが》めを受けるやも知れぬと思って様子を見にきたのだ。そうしたら、お主はすでに家に戻っているではないか。ほっとしたぞ」

忠太郎は、自分に言い聞かせるように言ってから、また、笑みを浮かべた。清三郎

は忠太郎ににじり寄った。

「伊藤様に何かあったのか」

うむ、と忠太郎は表情を引き締めてうなずいた。

「伊藤小左衛門は長崎において抜け荷の咎で捕えられた。博多の伊藤家の者たちも捕えられ、取り調べを受けることとなる。お主は危うく難を逃れたのだ」

忠太郎の言葉が清三郎の耳に雷鳴のように響いた。

十一

長崎奉行所の記録である〈犯科帳〉には、

——筑前伊藤小左衛門　六月二十五日、長崎水之浦松平右衛門佐より召捕え、七月六日五嶋町江預置、九月四日籠舎

とある。小左衛門の罪状は、

――船を仕立、朝鮮国江武具相渡し候

というものだった。〈黒田家譜〉によれば、このころ、長崎警備のため福岡藩主黒田光之《みつゆき》が長崎に赴いていたが、六月二十五日に幕府の長崎奉行から、小左衛門について「朝鮮へ武具や馬具を売りさばいたとの訴えがあった」と通告された。光之はこれに驚いて、ただちに長崎にいた小左衛門を捕えて取り調べた。小左衛門は、

「朝鮮での商いは家の者の仕事でわたしは存じません」

と〈抜け荷〉の疑いを否認した。だが、小左衛門は捕えられ引き立てられる際、店のまわりに富商の捕縛《ほばく》という事態に驚いて集まった町人たちがいるのを見て、

「この中に木屋瀬《こやのせ》の者はいないか」

と落ち着いて声をかけた。筑前の木屋瀬は小左衛門の出身地だった。つめかけていた町人たちの間から、ひとりの男がおずおずと出てくると小左衛門はにこりと笑って、

「これをやろう」

と言うなり、男に金の煙草《たばこ》入れを手渡したという。小左衛門は疑いを受けて捕われるからには、もはや生きて帰ることはない、と覚悟していたのだろう。

光之は小左衛門を捕えたことを長崎奉行に報告するとともに、長崎、五島町の屋敷や船津町の別宅を藩士に見張らせた。

さらに博多の甚十郎は藩の重職に預けられ、小左衛門の母親や妻、養女は皆、町に預けられたという。

忠太郎から小左衛門の捕縛を聞いた清三郎は額に汗を滲ませた。

「これはどういうことだ。わたしは伊藤様の〈抜け荷〉は藩のお許しを得てやっているのだろうと思っていた」

忠太郎はそっぽを向いた。

「役人のはしくれであるわしがそうだ、と言うわけにはいかんが、世間の者はそう思っていただろうな。しかし、長崎奉行から〈抜け荷〉の疑いをかけられたからには、藩としても放っておくわけにはいかんだろう」

「伊藤様はどうなるのだ」

「〈抜け荷〉は重罪だ。まず死罪は免《まぬが》れまい」

「それは酷《ひど》い」

清三郎は表情を暗くした。

一度だけ会った小左衛門の顔が脳裏に浮かんだ。小左衛門は意志が強く、何事かをなしとげる男の気迫を漲《みなぎ》らせていた。

忠太郎は清三郎の慨嘆には無関心な様子で言葉を継いだ。

「ことは小左衛門だけではすむまい。累《るい》がどこまで及ぶかだな」

累が及ぶ、という言葉に清三郎はどきりとした。

「よもやおゆきまでお咎めを受けるのではあるまいな」

「いや、家族は一蓮托生《いちれんたくしょう》だろう。おゆきさんが小左衛門の世話を受ける妾《めかけ》だと見做《みな》されれば家族同様に咎めを受けるのではないか」

忠太郎のぶっきら棒な言い方を清三郎は腹立たしく感じた。

「おゆきは小左衛門様に世話を受けたが、妾ではない。わたしはそのことを小左衛門様の長男である甚十郎様からはっきりとこの耳で聞いたのだぞ」

睨み据えて言う清三郎を忠太郎はつめたく見返した。

「さような言い訳を藩の役人が聞くと思うか。女が男から世話を受けていれば、世間ではそんな間柄だと見做すものだ。なんといっても、信じてはもらえまい」

「まさか、そのような馬鹿なことが……」

清三郎は息を呑んだ。小左衛門のもとにいれば、おゆきの身の上は安全だと思っていた。これほどの災厄に見舞われるとは想像もしていなかった。

「おゆきは、どうなるのだろうか」

清三郎がぼう然としてつぶやくと、忠太郎は気の毒そうに言った。

「まあ、藩の取り調べがどのように決着するかを見ておるしかあるまいな」

蟬しぐれが、ざわめきとなって清三郎の耳に響いてきた。


福岡藩の取り調べにより、小左衛門の〈抜け荷〉は寛文二年から同六年までの五年間に七回行われたとされた。

小左衛門が捕縛されて後、博多の甚十郎らが捕まり、牢屋《ろうや》に入れられたのは十月十五日のことだった。

この日、伊藤屋敷では甚十郎の祝言《しゅうげん》が行われる予定だったが、一門の者たちが勢ぞろいした屋敷に藩の捕り手が踏み込んだという。

一味として捕えられたのは小左衛門はじめ七十数人に及んだ。このうち、博多にいた者は甚十郎ら二十九人でこのほか長崎や対馬、柳川、大坂、島原、佐賀など広範囲で捕えられた。

小左衛門の〈抜け荷〉は対馬を根城として行われていた。

対馬は険しい山が連なり、潮風が吹きつけて耕作に適していないため、常に食料難に見舞われ、朝鮮からの米の輸入に頼らざるを得なかった。米のほか、朝鮮人参《にんじん》や木綿、絹、虎の皮なども輸入して大きな利益を得ていた。さらに朝鮮を通じて中国から白糸や反物、漢方薬なども入ってきた。

幕府は中国との交易を長崎に限っており、朝鮮、対馬を経て中国の交易品を手に入れることができるのは商人にとって大きな魅力だった。

日本からの輸出品は刀や銀や硫黄《いおう》、鉛、明礬《みょうばん》などでいずれも小左衛門が国内で取り扱っているものだった。さらに博多の名産である鋏《はさみ》や鍋《なべ》、素麺《そうめん》までをも朝鮮へ売っていたらしい。

小左衛門は〈抜け荷〉の資金と輸出品を用意し、朝鮮への実際の輸送は対馬の扇角右衛門や大久保甚右衛門らが行っていた。

対馬藩の〈遠見番所《とおみ》〉の監視の目をかいくぐり、偽の通行証を用いて〈抜け荷〉を行うという大胆で大掛かりなものだった。

事件の成り行きがわからず、焦燥にかられる清三郎のもとへ忠太郎がやってきたのは、十一月に入ってからのことだった。

忠太郎の馬面《うまづら》は青ざめていた。

「おい、小左衛門の処分が決まったぞ」

忠太郎に言われて清三郎は息が詰まる思いがした。

「やはり、死罪か」

忠太郎は、磔《はりつけ》だ、と暗い表情で答えた。

「小左衛門様だけなのか」

「いや、長男の甚十郎はじめ、番頭や手代など〈抜け荷〉に関《かか》わったと見られるものはことごとく死罪だ。そのほかの者も島流しは免れないようだ」

おゆきもその中に入っているのだろうか、と清三郎は暗鬱《あんうつ》な面持《おもも》ちになった。忠太郎は憤懣《ふんまん》やるかたない口調で言った。

「博多の商人は大なり、小なり、皆〈抜け荷〉には手を出しておる。もともと博多は太閤《たいこう》秀吉のころからそのような交易をしてきたのだから。藩もそのことは承知のうえで目をつむってきたのだ」

「それなのになぜ、かように酷い処分をすることになったのだ」

清三郎は唇を嚙んだ。

「幕府の長崎奉行に知られたからだ。累が藩に及ぶことを重臣方は恐れておられる。いわば小左衛門たちの処刑は口封じだな。すべてを小左衛門になすりつけて幕府から藩が咎められることがないようにしたいのであろう」

実に、汚いやり方だ、と忠太郎は吐き捨てるように言った。

「おゆきがどうなるかはわからないのだろうな」

清三郎はうめくように訊いた。

「長崎で捕われた者の中には女もいたようだ。取り調べのうえ許される者もいるだろうが、おゆきさんは小左衛門の身近にいすぎたのではないか」

たとえ、妾ではなくとも、そう見られるだろうという忠太郎の言葉を清三郎は思い出した。自分が伊藤屋敷に行かなければ、おゆきは小左衛門とともに長崎に行くことはなかったに違いない。

おゆきを取り戻そうと焦ったばかりに、却《かえ》っておゆきを窮地に陥れることになったと清三郎は後悔の臍《ほぞ》を噛んだ。

「わたしが愚かであったゆえに、おゆきに災厄をもたらしたのだ」

清三郎が歯ぎしりすると、忠太郎は同情する目を向けた。

「まだ、おゆきさんが咎めを受けたかどうかはわからぬのだ。お主が伊藤屋敷から出してもらったことで、難を避けられたように、おゆきさんもうまく逃れたかもしれぬではないか」

慰められても清三郎はそうは思えなかった。おゆきは小左衛門に命を助けられたと深い恩義を感じていた。小左衛門に危難が迫っているとわかって、逃げ出すことはできないに違いない。

小左衛門が捕縛されてからも、おゆきはなお長崎の伊藤屋敷に留《とど》まり、咎めを受けることすら覚悟したのではないか、と思えた。

「おゆきは逃げはしないだろう」

清三郎はぽつりとつぶやいた。忠太郎は、そっぽを向いて、

「まだ、諦《あきら》めぬことだ」

と言った。清三郎は小屋の隅に立っている目連の像に目を遣《や》った。

彫り上げた阿難の像もまだ清三郎のもとに残っている。目連を彫らねばならないが、小左衛門の捕縛を聞いて以来、彫ることができなくなっていた。

清三郎はやおら鑿《のみ》を手にすると目連像の前に立った。目連は神通力によって、どこへでも行きたいところへ行くことができるという。

清三郎は鑿を振るった。

さくっ

さくっ

木が削られる乾いた音がした。さらに彫り進んでいく。おゆきを助けるために〈神足通〉の法力《ほうりき》を得たいと思った。

（たとえ、おゆきが地獄へ落ちたとしても、わたしはきっと連れ戻しにいく）

清三郎は胸の裡《うち》で念じた。目連の母親が餓鬼道に落ちても、僧侶たちの力によって救い出すことができたではないか。

心を込めて願えばきっとかなう、と清三郎は自分に言いきかせた。清三郎が夢中になって羅漢像を彫っていくのを忠太郎は痛ましげに見ていた。

小左衛門たちの処刑が行われたのは、この年十一月二十九日だった。小左衛門は長崎の西坂の刑場で磔となった。

福岡の牢屋町の獄に入れられていた甚十郎はじめ十八人が博多柳町浜の刑場に引き立てられていく日、沿道の町家では戸を閉じて、商売を休み仏壇の前で香を焚《た》き、読《ど》経《きょう》して甚十郎たちの冥福を祈った。

清三郎は処刑が行われると聞いて、矢も楯《たて》もたまらず、道筋に出た。

（甚十郎様を見送らねば）

清三郎は柳町浜への通り道へ走った。黒い雲が空に垂れ込め、いまにも雨が降りだしそうだった。

　やがて甚十郎らが引き立てられてくるのを目にして、路傍に跪《ひざまず》き、土下座した。甚十郎が配慮して自分を伊藤屋敷から出してくれなければ、いま同じように刑場に向かうことになっていたかもしれない、と思うと申し訳ない気持でいっぱいだった。

　縄を打たれて歩いていく甚十郎は道端の清三郎に気づくと顔を向けた。頬《ほお》がこけ、痩せ衰えた顔だったが、目には澄んだ光を湛《たた》えていた。

　清三郎は甚十郎の顔を見上げながら、何も言うことができなかった。ただ見つめ合うだけで目に涙が滲んできた。思わず、

　――甚十郎様
　と清三郎が声をかけそうになったとき、甚十郎は、言葉を発してはならないというように、ゆっくりと頭を振った。

　かすかな微笑を浮かべてうなずいて見せた甚十郎は背を向けると静かな足取りで刑場に向かって歩いていった。

　清三郎は手をつかえて見送りながら、いま甚十郎が見せた微笑《ほほえ》みはまさに、

　――多聞第一
である阿難の笑顔だったと思った。高い悟りの境地にいながら、そのことを誇らず、

淡々と運命を受け入れていく甚十郎の姿に清三郎は、涙を浮かべながら合掌した。

甚十郎の姿が遠ざかるにつれ、霙《みぞれ》が降りだした。道端に座る清三郎をつめたい雨が濡《ぬ》らしていく。

同じ日、那珂《なか》郡比恵河原《ひえかわら》で小左衛門の手代、清水六右衛門と立石孫右衛門ら二十余人が磔となり、小呂島《おろのしま》や姫島に島流しとなった者は百人に及んだ。

十二

小左衛門の処刑が行われた後もおゆきの行方はわからなかった。清三郎はぼう然として家で過ごすしかなかった。

忠太郎が訪れたのは翌年正月のことだった。

戸口から入ってきた忠太郎は清三郎が板敷で横になっているのを見て顔をしかめた。酒の臭《にお》いがこもっている。清三郎が大酒を飲み、酔いつぶれて寝てしまったことは明らかだった。

「おい、起きろ」

忠太郎が声をかけると、清三郎はうっすらと目を開けた。無精髭《ぶしょうひげ》を生やし、やつれた顔をしている。

忠太郎はますます苦い顔になって板敷に座ると、清三郎を見つめた。

「おゆきさんの行方がわからないとこんなことになるのか」

ため息まじりに言う忠太郎に清三郎は言葉を返した。

「おゆきはもう死んだのではないかという気がして、恐くてならんのだ。酒を飲まずにはいられない」

忠太郎は清三郎を睨《にら》みつけた。

「おゆきさんの行方はわかったが、お主がそんな風ではどうしようもないな」

「なんだと、わかったのか」

清三郎はがばりと跳《は》ね起きた。忠太郎の肩に両手をかけて揺すった。

「どこだ、おゆきはどこにいるのだ」

忠太郎は長崎で捕われたおゆきは福岡へ送られ、取り調べが行われていたが、このほど処分が決まったのだ、と告げた。

「姫島へ島流しとお沙汰《さた》が出た」

「姫島だと」

清三郎が愕然《がくぜん》とした。

姫島は玄界灘の沖合に浮かぶ小さな島だ。糸島郡の岐志という地から海上およそ二里である。

福岡藩では罪人を大島や玄海島、小呂島などに流罪《るざい》とした。姫島も昔からの流罪の地だった。

「そのようなところへ」

清三郎はがくりと肩を落とした。板敷を拳でどんと叩いて声をあげた。

「なぜだ。仮に小左衛門様の妾だと思われたにしても女の身だ、〈抜け荷〉に関われるはずもないではないか。それなのに、なぜ流罪にされなければならんのだ」

「それがな、小左衛門が捕われたすぐ後、長崎の伊藤屋敷から金銀や高価な茶碗、皿、鉢などの家財がひそかに運び出されいずこかへ隠された。小左衛門はそれをおゆきさんに託したようなのだ」

「なんだって」

清三郎は目を剝《む》いた。忠太郎はうなずきながら話した。

「おそらく残された家族のためにどこかに隠匿し、その隠し場所をおゆきさんに託して家族に伝えてもらおうと小左衛門は考えたのではあるまいか」

「そのようなことをなぜおゆきに……」

「おゆきさんが小左衛門の妾になっていなかったというのはまことのことなのだろう。だからこそ、小左衛門はおゆきさんまで咎めを受けるとは思わなかったのだ。小左衛門はおゆきさんの人柄を信用してそんなことを頼んだのだろうが、隠し事が洩《も》れて、おゆきさんまで捕まってしまったということらしい」

小左衛門はおゆきを気に入っていたのだ、と清三郎はあらためて思った。妾にこそしなかったものの、家族へ残す金を託すほど心を許していたに違いない。

忠太郎は首筋が凝っているらしく自分でもみながら話を続けた。

「おそらく藩では小左衛門の財産も残らず取り上げるつもりなのだ。だからおゆきさんが金銀のありかを白状すれば助かったのかもしれぬが、何も答えないままだったがゆえに島流しにされたのだ」

「そうだったのか」

清三郎はうなだれた。恩人である小左衛門の最後の願いをかなえてやろうとおゆきは必死だったのだ。あのおとなしく、ひとと争うことなどできなかったおゆきがそこまで思い詰めるのはよほどのことだと清三郎は思った。

玄達ら押し込み強盗によって父親の浄雲を殺され、自らも男たちに辱《はずかし》めを受けて、一度は海に身を投げて死のうとしたおゆきにとって、命を救ってくれた小左衛門の願いはなんとしても叶《かな》えねばならないものだったのだ。しかし、そのために流罪となって、島流しになってしまえば命を永らえられるかどうかもわからない。

「おゆきは姫島で生きていくことができるだろうか」

清三郎がつぶやくと、忠太郎は厳しい口調で言った。

「島はろくに食い物がない。実家から仕送りがある流人は生きてもいけようし、男の流人は百姓を手伝って、少しばかりの食い物をもらうこともできるが、女はそうはいくまい。できることは男に体を許して、食い物を分けてもらうぐらいではないか」

清三郎は顔をそむけた。

「おゆきはそんな酷い目にあうなら、死のうと思うだろう」

忠太郎は答えずに大きく息をついた。清三郎はしばらく考えていたが、

「わたしが姫島に渡るにはどうしたらいいのだ」

と訊いた。忠太郎はぎょっとした顔になった。

「そんなことを本気で考えているのか」

「ああ、わたしはおゆきのためなら地獄へでも行こうと思っていた。姫島なら行っていけぬわけではあるまい」

清三郎は思い詰めた表情で言う。忠太郎はゆっくりと頭を横に振った。

「無理だ。そんなことはできぬ」

「なぜだ」

目を鋭くして清三郎は訊いた。

「船の便などないのだ。藩の船はときおり行くが、その船に乗ることはできぬ。勝手に船を仕立てれば船番所の見張りによって見つけられ、咎めを受けるだけだ。だから誰も船を出そうなどとはしてくれぬ」

忠太郎は諭《さと》すように言った。しかし、清三郎は膝に目を落として、

「いや、どうあっても、わたしはおゆきを助けるため姫島に行かなければならない」

とかすれた声で言った。

忠太郎は無理なことを言うな、と悲しげに口にした。


おゆきが姫島へ送られるのはひと月後ということだった。それまでに姫島へ渡る手段を見つけねばならない、と清三郎は焦った。

知人を訪ねてまわったが、姫島へ船を出す漁師などいないという答えが返ってくるだけだった。

思い余った清三郎は西光寺の淩海和尚を訪ねた。淩海が対馬の出身だと話していた

ことにわずかに望みを託していた。

突然、訪ねてきた清三郎が姫島へ渡りたい、誰か船を出してくれるひとを知らないだろうか、と頼むと凌海は目を丸くした。

「姫島じゃと。なぜ、そんな島へ行きたいのだ」

「わたしの妻が伊藤小左衛門様の一件に連座してお咎めを受け、姫島へ流されることになりました。女の身が島で生きていくことはかないますまい。わたしがそばに行ってなんとか助けてやりたいのです」

これまでのおゆきとのことを清三郎が話すと、凌海は、ほう、ほう、と声をあげて聞いた。そして難しい顔になり、

「なるほどな、おゆきさんというひとは小左衛門殿が残された金の行方を知っているのじゃな」

「おそらくそうではないかと思います」

清三郎は凌海が話にのってくれそうだ、と意気込んで膝を乗り出した。凌海はなおも考え込んだあげく、不意にぽんと膝を叩いた。

「小左衛門殿のことは気の毒だと思っておる。それだけに残された家族に金を渡してやりたいものだ、とわしも思う。そのためには何年かかろうが、おゆきさんに生きて

島から戻ってもらわねばならぬな」

凌海の言葉に清三郎は大きくうなずいた。凌海の言う通り、おゆきが生きて戻ることは小左衛門への恩返しになるのだと思った。

「それならば、ひとつだけ方法があるが、これは他聞《たぶん》を憚《はばか》ることだぞ」

凌海は声をひそめた。

「決してひとには洩《も》らしませぬ」

清三郎はきっぱりと言った。凌海はなおも考えている様子だったが、やがて大きく息を吐いてから口を開いた。

「島聖《しまひじり》の助けを借りることだ」

島聖という聞きなれない言葉に清三郎は耳をそばだてた。

凌海は小坊主を呼んで茶を持ってこさせ、喉《のど》を潤《うるお》してから、このことは決してひとに洩らしてはならぬと何度も念を押してから話し始めた。

「姫島には、昨年八月から日辰《にっしん》という日蓮宗の僧が流されておる。寺社奉行に対し、不穏当な振る舞いがあったということになっておるが、日辰殿は実は不受不施派《ふじゅふせは》なのだ」

を開いた。


「不受不施派とは何でございますか」

清三郎が訊くと、凌海の眼には怯《おび》えの色が浮かんだが、やがて思い切ったように口を開いた。


不受不施派とは京都妙覚寺仏性院日奥《にちおう》を派祖とする日蓮宗の一派で法華を信仰しない者からの布施を拒み、他宗の僧に施しを行わないことを自ら定めていた。

文禄《ぶんろく》四年（一五九五）に豊臣秀吉が京都方広寺千僧供養へ日蓮宗の僧に百人の僧の出仕を命令した。

これに対し、日奥は不受の立場をくずさず妙覚寺を退去した。さらに慶長《けいちょう》四年（一五九九）には、徳川家康は大坂城において日奥とほかの日蓮宗僧侶と討論させたが、日奥は自らの主張を曲げず、対馬《つしま》へ流刑となった。

このことから幕府は三年前の寛文五年（一六六五）から不受不施派への弾圧を強め、しばしば僧侶を流刑にしていた。このため不受不施派はひそかに地下に潜行し、自らの信仰を護《まも》ろうとするようになっていた。


「日辰殿は表だって不受不施派を名のられたわけではないが、藩からの布施を拒んだがゆえに島流しとなったのだ。そして不受不施派では、かように流刑となった僧を島聖として崇《あが》め、助けるのだ」

「と、申されますと」

「つまり、不受不施派の者たちは僧が流刑となった島へひそかにひとを送り、その暮らしを助け、生きて戻れるようにする。そのために船も用いるのだ」

「では、姫島へ不受不施派のひとたちは船を出しているのですか」

清三郎が目を輝かして訊くと、凌海は大きくうなずいた。

「そうだ。すでに、夫婦者が日辰殿を助けるために姫島へ渡っておるはずだ。その夫婦へ食糧や衣類を届ける船がときおり行っておる」

清三郎はあらためて凌海を見つめた。凌海は浄土真宗の僧侶だ。なぜ、日蓮宗のことを知っているのだろう、と思った。

凌海は清三郎が訝《いぶか》しく思っていることを察したらしく苦笑した。

「わしは対馬の百姓の家に生まれたが、実はわしの家は日奥様が流されて以来の不受不施派だった。わしは京に出て浄土真宗の仏門に入ったが、ゆえに不受不施派とはならなかったが、いまも不受不施派の者と行き来はあるのだ」

「さようでございましたか。ですが、わたしのような者を不受不施派の方々が助けてくださいましょうか」

不安になって清三郎は訊いた。恐ろしいほど厳格に宗派の戒律を守るひとびとが信仰をともにしない自分を助けるとは思えなかった。

「彼《か》のひとびとはそなたに施しはせぬし、また布施も受けないだろう。ただひとつだけ、そなたを受け入れることがある」

「なんでございましょうか」

「仏師としてだ」

凌海は重々しく言った。

そなたの彫る仏には心が籠《こも》っておる、そのことは日辰殿を喜ばせるだろう。島聖が望むことなら、不受不施派のひとびとは何としてでもかなえる、と凌海は話した。

「では、わたしをその方たちにお引き合わせくださいますか」

「二、三日後には誰ぞがそなたの家に行くことになろう。そなたの彫る仏像を見て決めるであろうな」

凌海はそう言うと、急に声を高くして、

「まあ、わしの話など当てにはならぬがな」

と言った。不受不施派のことを話したとひとに知られないための用心のようだった。

清三郎は手をつかえ、ありがとう存じます、と言いながら頭を下げた。

凌海は目をそらせて、素知らぬ顔をしている。


清三郎は家に戻って、その日から不受不施派の者が訪ねてくるのを待った。しかし、翌日もその翌日も誰も姿を見せない。

凌海の言ったことは、いい加減だったのだろうか、と気落ちしながらも鑿《のみ》を振るっていると、三日目の朝になって、

――とん、とん
と戸を叩く音がした。

誰かが訪ねてきたのかと、気を逸《はや》らせて清三郎は戸を開けた。しかし、目の前に立っていたのは十二、三歳ぐらいの少年だった。目がくりっとして利発そうだが、百姓の子らしい質素な身なりをしている。

「何の用だ」

無愛想に清三郎が訊くと、少年はにこりとして何も言わない。用がないのなら、帰れと清三郎が言おうとしたとき、少年は清三郎の脇を抜けてするりと家の中へ入った。

「こら、何をする」

怒鳴って少年をつかまえようとした清三郎ははっとした。少年は阿難の像の前に立ってじっと見つめた。

「その羅漢《らかん》像を見たかったのか」

清三郎が訊くと少年はうなずいた。

「とても似ている」

「誰にだ」

清三郎はどきりとしながら訊いた。

「甚十郎様にだよ」

どうして、甚十郎の顔を写したとわかるのだろう、と驚いていると少年はさらに言葉を継いだ。

「姫島へ渡りたいんだろう。こんな仏様を彫るひとなら連れていってあげるよ」

少年は微笑《ほほえ》みながら言った。

十三

少年はにこにこしながら自分の名を、

──万四郎《まんしろう》だと告げた。清三郎はこんな子供が不受不施派の使いだろうか、と訝《いぶか》しく思った。

「そなた、誰かの言いつけでここに来たのか」

清三郎が訊《き》くと、万四郎はうなずいた。

「佐平《さへい》の爺《じい》から言われた」

「そうか、やはり、誰かから命じられたのだな」

納得して清三郎が言うと、万四郎は首を横に振った。

「いや、佐平の爺はおれに姫島へ渡りたい者がいるが、どうするかと訊《たず》ねただけだ。こうやって会いにきたのはどうするか決めるためだ」

「わたしを姫島へ渡らせるかどうかはそなたが決めるというのか」

清三郎は驚いてあらためて万四郎を見つめた。髷《まげ》はぼさぼさで色黒の普通の少年だが、くりっとした目は利発そうに輝いていた。

「姫島に行きたいならおれについといで」

万四郎はあっさり言うと戸口へ向かった。

「待て、まさか、いまから行くというのではあるまいな」

清三郎があわてて訊くと万四郎は振り向いて答えた。

「船は今夜出る。行かないのなら、ついてこなくてもいい」

万四郎は無慈悲に言ってのけた。清三郎はあわてて身の回りの物や衣類、下帯、さらに鑿《のみ》や槌《つち》など仏像を彫る道具をそろえて葛籠《つづら》に入れると背負った。

戸口で待っていた万四郎は、用意ができたと見るとすぐにすたすたと歩き始めた。清三郎は急いで後をついていく。清三郎は追いかけながら、

「そなた、甚十郎様を知っているのか」

と訊いた。万四郎は振り向きもせずに答えた。

「知っている」

「どういう知合いなのだ」

重ねて訊く清三郎に万四郎は振り向いて笑って見せた。

「知っているから、知っている。それだけだ」

万四郎はそれ以上、答えるつもりがないようだった。足が速い万四郎は、辻を曲がって進んでいったかと思うと中洲と福岡をつなぐ橋に出た。

このときになって万四郎は清三郎に先に行くよううながした。

「おれはあんたの後からついていく」

桝形門《ますかたもん》では番士が通る者を誰何《すいか》する。少年がひとりで通ろうとしても許されないの

だ。清三郎は黙って先に立ち、桝形門にさしかかった。

「清三郎、どこへ行くのだ」

　番士の牧忠太郎が声をかけてきた。清三郎が背に負っている葛籠と後ろにいる万四郎を胡散《うさん》臭そうに見た。

「伊崎の実家を訪ねる」

　清三郎の実家が海岸沿いの伊崎にあることは忠太郎も知っていた。父親の尚五郎が病に倒れ、長兄の新蔵が家督を継いでから数年になる。しかし、この間、清三郎は一度も実家へは戻っていない。生涯が修行である仏師になったからには親兄弟との縁は無くなったものと清三郎は考えていた。

「それは珍しいな。お主はもう実家には戻らぬつもりかと思っていた」

「用事があるのだ」

　素っ気なく清三郎が答えると忠太郎は万四郎へ目を向けた。

「お前はなんだ。柊《ひいらぎ》の家の者か」

　忠太郎に訊かれて万四郎は黙ったまま首を横へ振った。清三郎がかわって説明をした。

「伊崎の漁師の子だ。わたしに兄からの伝言をつたえに来てくれたのだ」

「しかし、昨日からこの門を通った者の中にはいなかったな」

首をかしげて忠太郎は万四郎の顔をつくづくと見た。万四郎はすました顔で答えた。

「急いでいたから父ちゃんの舟で中洲まで行ったんです。帰りは御門を通るしかありませんから」

「なるほどな」

眉をひそめて忠太郎はうなずいた。そして清三郎に顔を向けて、

「お主、まさかおゆきさんが流されることになった姫島へ渡ろうなどとは思うておるまいな」

と声を低めた。

「馬鹿な、そんなことは考えぬ」

清三郎がきっぱり言うと忠太郎は厳しい表情になった。

「伊藤小左衛門に関わった者への詮議《せんぎ》はまことに厳しくてな。番頭や手代の端々《はしばし》まで取り調べられておるが、中にはお縄にかかる前に逃げ延びた者もおる。そのような奴が門を通ろうとすれば、捕えよとのお達しが出ているのだ」

忠太郎の言葉に清三郎はどきりとした。伊藤小左衛門のお抱え仏師となっていた自分も捕縛されるのだろうか。

忠太郎はあわてて手を振った。

「いや、詮議《せんぎ》されるのは〈抜け荷〉に関わったと見られる者たちだ。仏師のお前が咎《とが》めを受けることはないだろう」

「そうか」

清三郎はほっとして、うなずいた。傍《かたわ》らの万四郎が退屈したのかつまらなそうに地面の小石を蹴った。

「だが、それでも小左衛門の世話を受けていたおゆきさんをかばおうとすれば、どうなるかわからんぞ」

忠太郎はなおも脅すように言った。しかし、どれほど言われても、清三郎のおゆきへの気持が変わることはなかった。

（わたしは何としてもおゆきを助ける。そのためには島へでもどこへでもいく）

清三郎は胸の裡《うち》であらためて誓い、

「さて、急がねば、兄が待ちくたびれているだろう」

と言うと忠太郎に向かって頭を下げて歩き出した。その背を見送りながら忠太郎が、

「無理はするなよ。困ったことがあればわしを頼れ」

と声をかけた。忠太郎は自分が姫島へ渡ろうとしていることを察したのかもしれな

い、と清三郎は思った。

万四郎が清三郎を案内したのは、伊崎からさらに西の生《いき》の松原にある漁師小屋だった。海辺の松林のそばにある漁師小屋の前で地面に座った赤銅《しやくどう》色に日焼けした白髪《しらが》の漁師が網を繕《つくろ》っていた。

——佐平

万四郎が近づいて声をかけると、漁師は万四郎と清三郎に顔を向けた。しわがれた声で、

「仏師を連れてきたのか」

と、万四郎に訊いた。万四郎は声を大きくして答えた。

「そうだ。このひとが彫った仏像も見てきた」

「どうだった」

佐平はうかがうように訊いた。

「生きているひとかと思うような温かさがあった」

「そうか、温かかったか」

佐平はいかつい顔をほころばせた。

「ああ。だからこのひとは大丈夫だ」

　おとなびた口調で万四郎は言った。清三郎が近づき頭を下げると、佐平は網を置いてゆっくり立ち上がり、

「小屋に入りなされ」

　とうながした。佐平は足が悪いのか戸口を手さぐりするようにつかまりながら小屋に入った。網や魚籠《びく》、釣竿《つりざお》などが置かれた小屋の中には藁《わら》が敷かれていた。佐平は腰を下ろすと清三郎に座るように言った。

　万四郎は戸口に立って海を見ている。あるいは誰かまわりにいないかを確かめているのかもしれない。佐平は静かに口を開いた。

「あなたのことは凌海様から話が通じています。博多でも指折りの仏師だということでした。さようなひとが島に渡れば島聖《しまひじり》の日辰様もお喜びになるだろうと思いましたが、念のため万四郎にあなたの仏像を見に行かせたのです」

「ほう、おとなが見るより、まだ子供と言ってもいい者が見たほうがわかると思われたのですか」

　清三郎は佐平の話に興味を持って訊いた。

「はい、おとなは仏像だということで、まずありがたいと思ってしまいますから、そ

のお姿をまともに見ることはできません。それに比べ、万四郎ぐらいの年頃ならば仏の心をもって見ることができようかと思いまして」

「大人でない者は仏の心を持っていると言われますか」

清三郎はじっと佐平の顔を見つめた。すると、佐平が清三郎に顔を向けているものの、目はあらぬ方角を見ていることに気がついた。

「失礼ですが、あなたはお目が不自由か」

清三郎が訊くと、戸口に立つ万四郎が、

「佐平は昔、船乗りだったんだ。乗っていた船が嵐にあって沈んで、無人の島に二十日も流された。通りがかった船に助けられて、なんとか生き延びて帰ったけど、目が見えなくなった」

とつぶやくように言った。佐平は笑みを浮かべて言い添えた。

「命が助かったのですから、随分と運がよかったのです。これも仏様のご加護でありましょうか」

清三郎は遠慮がちに問うた。

「おのれの宿命を恨んだことはないのですか」

「天は耐えられぬほどの苦しみはひとに与えないものだ。わしは天からこの苦しみに

ため息をついて清三郎は言った。

「そうでしょうな。〈かくれ〉の者は捕えられれば入牢《じゅろう》か島流しでしょう。おそらく生きて戻ることはできないでしょう」

佐平は当然だという顔をして言った。清三郎は思わず首をひねった。

「仏様の教えとはそれほどまでにして守らねばならないものでしょうか。仏様はさように酷《むご》いことを望まれないと思いますが」

「仏様が望まれるからするのではありません。自分たちが望むからするのです」

「さように酷い目に遭うことを自ら望まれるのですか」

清三郎が訊くと、佐平はゆったりとした笑みを浮かべた。

「あなたはご自分の望んだことをされたことはありませんのか」

「京で修行したいという我儘《わがまま》を押し通したばかりに、妻を不幸な目に遭わせました。それゆえ、妻を助けるため姫島へ渡りたいのです」

唇を噛んで清三郎は言った。佐平はうなずいて、

「それが望んで酷い目に遭うということではありませんか。あなたもわしらと同じことをされているのです」

と言った。万四郎が、くすくすと笑った。

耐えられると見込まれたのだと思っています」

「それが仏の教えなのでしょうか」

清三郎が言うと、佐平は少し考えてからゆっくりと頭《かぶり》を縦に振った。

「日辰様がさように言われたのですから、仏様の教えでございましょう」

佐平は迷いなく信じている口調で言った。目が見えなくなった佐平が何の疑いもなく信じる日辰とはどのような僧侶なのだろう、と清三郎は思った。佐平は何気なく言葉を継《つ》いだ。

「あなたは、わしら不受不施派の〈かくれ〉についてはご存じありますまいな」

「島流しにあったお坊様を島聖として崇《あが》め、お助けするということはうかがいましたが」

凌海から聞いた話を清三郎がすると佐平はうなずいた。

「さようです。不受不施派ではお坊様を法灯《ほっとう》と申します、法灯様が島流しになると、島聖様や〈お島様〉として崇めるのです。〈かくれ〉は仲間内に船主や船頭を抱えて島へ供養の品やお布施、書状などを送って島聖様をお助けするのです。また、島聖様もこの船に手紙などを託されます」

「しかし、そのようなことがお上《かみ》の耳に入ればただではすみますまい」

「みんな同じなんだ。望んでいることをするためには悲しい目に遭わなきゃいけないってことさ」

浜に打ち寄せる波の音が響いてきた。

この日の夜、清三郎は佐平が櫓《ろ》を漕ぐ小舟に万四郎とともに乗って沖へ出た。万四郎が告げる方角へ向かって佐平が漕いで沖の大きな荷船に近づいた。

荷船の船頭が声をかけて下ろした縄梯子《なわばしご》を伝って清三郎と万四郎が荷船に乗り込むと、佐平は小舟の向きを変えた。荷船の上から万四郎が、

「佐平、そのまままっすぐだ」

と叫ぶと佐平はわずかに片手をあげて応じた。清三郎は佐平の小舟がまっすぐに浜を目指していくのを見送った。市右衛門《いちえもん》と名のった船頭が、

「佐平の爺さんは相変わらず、達者なものだな」

と感心したように言った。

「佐平は潮の匂いでいま自分がどこにいるかわかるんだ」

万四郎が得意げに言った。市右衛門は夜空を見上げてつぶやいた。

「わしらは星を見て進むことしかできんがな」

「星を見れば行く先がわかるのですか」

清三郎が訊くと市右衛門はうなずいた。市右衛門が、

――行くぞ
と声をかけると荷船は帆を高く掲げ、風を受けてゆっくりと進み始めた。

清三郎は星が瞬《またた》く空を見上げ、これから行く島でおゆきを助けることができるのだろうか、と思った。

暗い海面を見つめていると、無明《むみょう》長夜《ちょうや》の闇《やみ》が続く気がしてならなかった。

夜が白《しら》むころに荷船は姫島へ近づいた。

島役人の目が光る湊《みなと》を避けて、島の北側へとまわっていく。岩場が続くあたりに小さな入江があった。荷船が入江に入ると、船頭は、清三郎に向かって、

「ここからは海に入って泳いでいってもらうぞ。浜に近づくと岩で船底に穴が開いてしまうからな。冬の海だ。寒さで凍えるかもしれんから用心しろ」

と言った。船頭の言葉を聞くなり、万四郎はくるくると着物を脱ぐと下帯だけの姿になり着物を巻いて頭に乗せた。そして、

「じゃあ、行くよ」

と声をかけるなり船縁《ふなべり》からつめたい海へ飛び込んだ。しかたなく清三郎も着物を脱

いで葛籠に入れると万四郎に続いて船縁から飛んだ。

水飛沫《みずしぶき》をあげて海に入った清三郎は凍えそうになりながら泳ぎ始めた。冬の海になれているのか万四郎はすでに浜辺へと近づいている。泳ぎながら清三郎はこの島へ上がれば、もはや博多へは戻れないかもしれない、と思った。

朝焼けで雲が真っ赤に染まった。

清三郎は小さな浜に上がるとぶるぶる震えながら体を乾かしてから着物を着て葛籠を背負った。早朝の潮風に包まれながら、万四郎に導かれるまま歩いた。

小高い丘に登った万四郎は島の西側を指差して、

「あっちだよ」

と教えた。清三郎は葛籠を背負い直しながら訊いた。

「お前は、何度もこの島へ来たことがあるのか」

「おとなは島にいたり、いなかったりはできないけど、おれなら見かけても誰も気にしないからね」

万四郎は坂を下りながら言った。細い道をたどり、やがて灌木《かんぼく》の茂みが続くあたりに出た。わずかばかりの木が寄り添うように立っているそばに、小さな庵《いおり》めいた藁葺《わらぶき》屋根の家があった。

万四郎は小走りになって家に駆け寄ると庭に回って声をかけた。

「日辰様――」

家の中から応じて墨染《すみぞめ》の衣を着た小柄な僧侶が縁側に出てきた。年は凌海と同じぐらいだろう。温和な表情をしているが口もとは引き締まって意志の強さを示し、目には智慧《ちえ》深い輝きがあった。

万四郎は着物の衿《えり》に縫い付けていた袋から書状を取り出して日辰に差し出した。日辰は落ち着いた様子で書状に目を通すと、清三郎に笑いかけた。

「仏師殿か、よう来てくだされた」

「ご信者の方々に面倒をおかけいたしました。申し訳ございませぬ」

縁側に近寄って頭を下げた清三郎に日辰は手を振った。

「何の、凌海殿の書状によれば、博多でも指折りの仏師だそうな。わたしは曼荼羅《まんだら》を本尊といたしておるが、島のひとびとが、仏の教えを伝えるありがたい仏像が拝めるならこの島での暮らしがまた楽しゅうなる」

からからと日辰は笑った。

十四

日辰は凌海と同じ対馬の生まれだ。しかし、日辰が幼いころ父親は長崎で医師になることを目指して出奔《しゅっぽん》したという。このため日辰は子供のころから食うや食わずの貧しい暮らしにあえいだ。

母親が亡くなった後、長崎に行って父親を捜し出した。

父親は長崎で医師となっており、十数年ぶりに訪れた日辰に涙ながらに謝り、今後の援助を約束した。

このため日辰は長崎で学塾に通い出したが、不意に学問がつまらなく思えた。父親は医者になることを勧めたが、そんな気にもなれなかった。そのころふと、不受不施派の教えを知った。

特に豊臣秀吉と徳川家康という天下人ふたりに憎まれた日奥の事績に日辰は感激した。日奥は家康から、

――法華の大魔王

とまで謗《そし》られ、日奥の信仰を「かようの強義というものは天下の大事を起こすべ

し」と恐れられた。日奥は常に、

——身命はすでに仏法に奉り候《そうろう》

と称していた。その激しさ、純粋さに日辰は感奮《かんぷん》した。すぐに父親の家を飛び出し、不受不施派の僧となった。

厳しい修行を積んだ日辰は姫島に流罪《るざい》となってからも、その信仰は捨て去られるどころか、ますます堅牢《けんろう》になっていた。

〈かくれ〉からの援助で暮らしを助けられた日辰は、島の人々の心をつかむために溜《ため》井戸《いど》を掘った。地下水を汲《く》み上げる井戸ではなく、雨水を溜めるためのものだ。島は水の便が悪く、島民は難渋しがちだ。しかし、日々の農作業や漁業に追われて溜井戸を掘る余裕はなかった。

日辰が〈かくれ〉から送られてくる金品でひとを雇い、自らも鍬《くわ》を手に井戸を島内に何カ所も掘ると島民は感謝した。日辰は島役人へも付け届けを行ったから、これらの井戸掘りも大目に見られた。

日辰は医師だった父親の傍《そば》にいたころに医術を会得《えとく》しており、〈かくれ〉を通じて医書や薬を送らせ島民の怪我や病気の手当てをした。

また、文字を知らぬ島民に文字を教えるなど、懸命に尽くしたため、島に流されて一年もたつころには島民は日辰を慕うようになり、信者も増えていた。

〈かくれ〉は日辰の世話をするため源兵衛《げんべえ》とはまという五十過ぎの夫婦を姫島へ送り込んでいた。ふたりは日辰の庵の近くに建てた小屋でひっそりと暮らし、日辰の世話をしていた。


清三郎と万四郎は源兵衛の近くの空家となっていた小屋で暮らすことになった。清三郎はその日から仏像を彫ることができそうな木を探して島内を歩きまわった。だが、どの木も細く、仏像が彫れそうにない。困っていると、万四郎が清三郎に、

「木があるところを知っているよ」

と告げた。

「仏像を彫るのだ。できれば一抱えぐらいの太さの木がいいのだ。しかし、そのような木はこの島にはないようだ」

清三郎が頭《かぶり》を振ると、万四郎はにこりと笑って言った。

「ついておいで」

言われるままについていくと、万四郎が案内したのは海岸の小さな洞窟《どうくつ》だった。波打ち際から入っていくと洞窟の中は砂地になっており、思いがけない広さがあった。

そして黒々としたものが、積み上げられているのを清三郎は見た。近づいて確かめてみると、いずれも大きな丸太や板などだ。

「なんだ、これは」

清三郎がうめくと、万四郎が答えた。

「難破した船の破片や流木なんかだよ。夜中に船が来るとき、目印にするため燃やすのをここに置いているんだって」

万四郎の言葉通り、積み上げられた木片の中には一抱えもある帆柱《ほばしら》らしいものまであった。

「では、島のひとの物か」

清三郎は木片の大きさをたしかめながら訊いた。

「違うよ。〈かくれ〉が夜中に船が近づくために使うんだ」

そうだとすると、仏像を彫るために使ってもいいのだ、と思いながら清三郎は木片をさわっていった。どの木片も潮に浸《つ》かって湿っているため、表面を削って乾かさねばならないようだ。

それでも、これだけの材木があれば、と清三郎はほっとする思いだった。大工道具は源兵衛が持っているらしいから、この中からふさわしい物を選び出し、小屋まで運んで表面を削り、さらに天日で干せば彫ることができるだろう。

清三郎は木片を抱えてみながら、

「難破した船の一部であれば、それだけひとの思いも籠《こも》っているに違いないから、仏を彫って成仏させるのはよいことだな」

と独《ひと》り言《ご》ちた。すると、万四郎が傍に寄ってきて、

「そうすると難破した船に乗っていたひとも成仏するのだろうか」

と訊いた。万四郎がこんなことを言うのには、何かわけがあるのだろう、と思った清三郎は深くうなずいた。

「そうではないだろうか」

万四郎はちょっと黙ったが、洞窟の入り口に顔を向けると、

「おれの父ちゃんは伊藤小左衛門様の船の船頭だった。対馬のずっと先の遠い海で嵐にあって船が沈み、帰ってこなかった。母ちゃんはそれから寝ついて間もなくあの世へ行ってしまったんだ。おれはそれから、父ちゃんの船の水夫頭《かこがしら》だった佐平と一緒に暮らしてきたんだ。ふたりが生きてこられたのは伊藤様のご長男で店を与《あず》かっていらっしゃる甚十郎様が面倒をみてくれたからさ」

それゆえ万四郎は清三郎の家を訪ねてきたおり、羅漢像を見て、

――甚十郎様に似ている
と言ったのか、と得心《とくしん》がいった。

不受不施派を信仰していた佐平は清三郎が姫島へ渡ることを望んでいると聞いて、甚十郎の恩に報いるためにも伊藤小左衛門のお抱え仏師だった清三郎を助けることにしたのかもしれない。

「そなたは甚十郎様を知っていたんだな」

「とても優しいかただった。あんなひとが磔《はりつけ》にされるなんてひどすぎる」

万四郎は哀《かな》しげに言った。

「そうだな」

万四郎の言葉にうなずきながら、これから彫る仏像は伊藤小左衛門や甚十郎、さらに万四郎の父親たちの冥福を祈るためのものだ、と清三郎は思った。

清三郎は洞窟から折れた帆柱を運び出して小屋に持ち込んだ。そして鉋《かんな》をかけて表面をはぎとった。

潮が染《し》みているものの白い木肌が見えてくると天日で乾かした。家の傍に置いた材木を見つめて清三郎は何の仏像を彫るか考え続けた。すると、ある日、日辰がやってきて、材木の前に立つと合掌した。

「それはまだ何も彫っておりませんが」

清三郎が訝しく思って訊くと、日辰はにこりとした。

「しかし、あなたはもう仏像を彫ることを決めたのでしょう」

「それはそうですが」

「だとすると、この木にはすでに仏様が宿っておられましょう」

日辰は穏やかな表情で言った。

「さて、まだどのような仏様にするか決めてもおりませんのに」

「あなたが決めずとも宿られた仏様がやがて姿をあらわされるのではありませんか」

微笑して言った日辰が去った後、清三郎は立ち竦《すく》んで材木を見つめた。

日辰が言ったことはかつて師の浄雲がことあるごとに言っていた。しかし、そのころ清三郎には木に宿る仏性《ぶっしょう》が見出《みいだ》せなかった。

だからこそ京に修行に出たのだ。

愚斎が文殊菩薩を彫る傍らにいて、仏師はあのようにして、仏性を見出すのかと思ったが、自分の身に備わったとはとても思えなかった。

その後、博多に戻り、おゆきを捜す日々が続き、伊藤小左衛門のお抱え仏師となっ

た際、十一面観音菩薩像を彫りつつ、

——木に仏性はなく、ひとに仏性あり、仏像を彫るとは、すなわち、わが仏性を木に注ぎ込み、仏の像となすことなり

と思った。しかし、海を渡り、島へ来てみると、そのような思いだけでは仏像が彫れぬと思うようになっていた。

ひとに仏性あり、と明らかに思えたのは、やはり、博多にいて、ひとが多く暮らす町にいたからこその確信だった気がする。こうして島へ来てみると、天候次第で荒れる海に囲まれて暮らすことがどれほど心細いかと思い知った。

風が吹き、雲の流れが速くなるだけで、心がざわめき、頼りない心持ちがしてくるのだ。

（ひとはもともとか弱き生き物なのだ）

そう思うと、仏性とはそのようなひとが頼りにする大いなるものではないのか、と思えてくる。

ひとの中に仏性はあるにしても、それはさらに大きな仏性とつながってこそ、初め

てこの世に現れるのではないか。

その巡り合いこそが、ひとが仏性を見るということなのかもしれない。そんなことを思いつつ、清三郎は木を見つめたが、依然として何も見えなかった。

日辰が訪れた日の夜、風の音が強くなった。藁葺屋根がざわざわと鳴り、柱がゆらいだ。源兵衛が、

「これは嵐になるかもしれん」

とつぶやいた。それを聞いて、清三郎は仏像を彫るための木を万四郎とともに小屋の中に運び込んだ。

源兵衛とはまは、日辰が心配だからと庵に行った。間もなく風がさらに強まったかと思うと、稲妻が走った。

どーーん
という雷鳴が響いて雷が落ちた。万四郎がおびえて清三郎にすがりついた。雷はさらに二度、続いた。

どーん
どーん

そのたびに地面が揺れるような衝撃が走った。

——うわっ

さすがにおびえた万四郎が悲鳴をあげた。清三郎は材木を守るために寄り添いながら、外の物音に耳を澄ませた。

さらに風が強まり、うなる響きが聞こえた。あたりの木が揺れるざわざわと凄《すさ》まじい音が聞こえ、小屋の屋根や柱がぎしぎしと揺れた。

「この小屋は大丈夫かな」

万四郎がか細い声で不安げに言った。

「これ以上、風が強くなるとわからんな」

押し殺した声で清三郎は答えた。小屋の外ではまさに風が荒れ狂っていた。風に飛ばされて物が飛ぶのか、板壁にごつん、ごつん、と何かが当たる音がした。それはまるで小屋の外に巨大な獣がいて暴れているかのようだった。

不意に風が鎮まった。

嵐が去ったのだろうか、と清三郎が外をうかがおうとしたとき、突然、どかん、という耳をつんざくばかりの雷鳴が響き渡った。

清三郎と万四郎は仰向《あおむ》けに土間に転がった。

閃光《せんこう》が走り、あたりが一瞬、明るくなった。清三郎は起き上がるとあわてて戸口から外をのぞいた。見ると、庵のそばの林の木に落雷していた。

木はまるで伐《き》り裂かれたかのように幹が大きく割れ、ところどころ炎が出ていた。また風が吹き出して炎は庵の藁葺屋根に燃え広がった。

——日辰様

——お逃げください

源兵衛とはまが叫ぶ声が聞こえた。清三郎と万四郎は庵に向かって走った。すでに藁葺屋根が燃え上がり、源兵衛とはまが庵の外から呼びかけている。

しかし、日辰は庵から出ようとはせず、読経《どきょう》をしているようだ。また、稲妻が光った。その瞬間、清三郎は庵の中で数珠《じゅず》を手に読経している日辰の姿が青白く浮かびあがるのを見た。

(どうしてお逃げにならないのだ)

清三郎は走って庵に近づき、

「日辰様、危のうございます。このままでは焼け死にますぞ」

と大声で呼びかけた。しかし、庵の日辰は、

「これは法難である。逃げるわけにはいかぬ」

と言い放ってお題目を唱えた。

南無妙法蓮華経

南無妙法蓮華経

南無妙法蓮華経

日辰のよくとおる声は風にかき消されることなく続いていく。しかし、その間にも藁葺屋根は燃え上がり、火の粉《こ》が散って、真っ赤な炎が噴き出し、庵を被《おお》おうとしていた。

――日辰様

万四郎が泣きながら日辰に呼びかけた。それを見て、清三郎は燃える庵に飛び込んで日辰を助け出そうと一歩、踏み出した。そのとき、

南無妙法蓮華経

という日辰の声が天に吸い込まれたかと思うと、ざあっと雨が降りだした。まるで

桶の水をぶちまけるかのような激しい雨だった。

庵を被っていた炎は一瞬で消えた。ぼう然としながら清三郎は庵の縁側に上がった。

(日辰様の法力が天に通じたのだ)

清三郎は息を呑んで日辰を見つめた。

部屋の中では少しも動じることなく、日辰が読経している。屋根からは雨が漏れ落ちて、日辰はずぶ濡《ぬ》れになっていた。しかし、それでも日辰は日頃と変わらぬ表情で数珠をまさぐり落ち着いた様子だった。

その姿はこの世のひとびとを苦しめる悪鬼に立ち向かうかの如《ごと》くだった。万四郎が清三郎にすがって、つぶやいた。

「日辰様は悪い奴をこらしめておられるんだ」

まさに、日辰は仏の化身《けしん》だと清三郎の目にも映った。

清三郎は日辰を見つめながら、彫らねばならないのは、伊藤小左衛門や甚十郎の横死への憤《いきどお》りと悲しみの念を抱いた、

——不動明王
ではないかと思い至った。

雨はさらに激しく降りだしていた。

十五

清三郎が小屋で仏像を彫り出してから数日後の昼下がり、万四郎が外からあわてた様子で戻って、

「沖に船が見えたよ、流罪人を送る船だよ」

と告げた。

「そうか」

そろそろおゆきを乗せた船が着くころだと思っていた清三郎は鑿《のみ》を置いて立ち上がると、船着場へと走った。万四郎もついてくる。

よく晴れた日で白い雲が浮いていた。

おゆきが島に来れば源兵衛の小屋に連れて行き、ともに暮らそうと清三郎は考えていた。おゆきが赦免《しゃめん》になるのはいつのことかわからないが、それでも島での暮らしをともにすればおゆきの心もとけて、昔のような夫婦に戻れるのではないか。

清三郎は明るい気持で考えた。

そうなるなら、たとえどれほど島での暮らしが長くなろうとかまわない。その間、

仏像を彫りつづければいいだけのことだ、と清三郎は思い定めていた。そしてこの島で思いを込めた仏像を彫ろう。それが自分が天から命じられていることなのかもしれない。

清三郎は何度も胸の中で繰り返してつぶやきながら船着場へと走った。

船着場に着くと護送の役人と島役人が流罪人の引き渡しをしていた。まわりを取り囲むようにして島民がいるのは、どのような流罪人が来たかを見定めるためだった。

流罪人は七人のようだった。いかにもやくざ者めいた大男や僧侶崩れらしく頭を丸めた者、さらにどうして島流しになったのかと思えるおとなしげな町人もいた。

中に女がいるのが、遠目にもわかった。急いで駆け寄っていくと、護送役人に囲まれた七人の中にいたおゆきが清三郎に気づいた。

おゆきが声をあげる前に傍らの島役人が清三郎に気づいた。島役人はつかつかと清三郎に近づいて顔をあらためた。

「貴様、何者だ。見かけぬ顔だ。この島の人別《にんべつ》には入っておらぬのではないか」

島役人に問われて清三郎は困惑した。島の人別帳に記されていない清三郎はこの島にいるはずのない人間だった。

追及されれば罪を問われて、流罪人と同様の扱いを受けるかもしれない。万四郎が小走りに島役人に駆け寄って、耳打ちした。

「何、日辰殿の――」

万四郎の話を聞いて島役人は顔をしかめた。そして、

「日辰殿の仏師だということだが、表だってこのようなところにおられては困る。疾《と》く去れ」

と厳しい口調で言った。まわりの役人たちもじろじろと清三郎を見ていたが、日辰の名を聞いて素知らぬ顔になった。

日辰のもとへ信者が金品を届けたり、暮らしを世話する者を送り込むことを島役人も知っているのだ。しかし、それは自分たちも潤うことだけに見て見ぬ振りをしているのだろう。

それでも、さすがに役人たちの目がある場にいられては困るのだ。やむなく清三郎は万四郎に、

「あの女のひとを小屋に連れてきてくれ」

と頼んでその場を離れた。清三郎は歩き去りつつも、何度も振り向いておゆきを見た。しかし、おゆきには清三郎との再会を喜ぶ気配はうかがえなかった。

そのことが清三郎の気持を暗くした。

流罪人は島役人に引き渡された後、島での預かり人のもとへ連れて行かれる。そこで流人小屋をあてがわれるのだ。

島での暮らしについて、預かり人が話した後、農作業などができる者は農家に雇われるようにと告げられる。しかし、それができないものは、この日から自分の食事の心配をしなければならない。

流人小屋で寝ることはできるが、それ以外の食い物などは自分で賄《まかな》わなければならない定めだった。

おゆきが万四郎に連れられて、小屋にやってきたのは一刻《いっとき》（二時間）が過ぎてからだった。万四郎は、なぜか顔を曇らせて、

「連れてきたよ」

と言った。小屋の戸口に立ったおゆきを見て清三郎が喜んで声をかけようとしたとき、万四郎が頭《かぶり》を振って、

「ひとりだけじゃないんだ」

と言った。清三郎は眉をひそめた。

「ひとりだけじゃないとはどういうことだ」

困惑した表情でいるおゆきに声をかけると、戸口に若い男が姿を現した。流人のひとりのようだった。

入牢して無精髭《ぶしょうひげ》が生え、やつれた顔をしているが、目もとが涼しいととのった顔立ちの男だった。男は土間に入ると頭を下げて、

「手前はおゆきさんと同様に島流しになりました吉平《きちへい》と申します。伊藤様の長崎の店で手代をいたしておりました」

と挨拶《あいさつ》した。おゆきが気怠《けだる》い様子で話した。

「わたしが長崎の店にいる間、世話をしてくれたのが吉平さんなんです。小左衛門様が捕まってしばらく、わたしは小左衛門様の知合いのところに吉平さんと身を隠していましたが、お役人が探し当てて一緒に捕まりました」

「そうだったのですか、それなら、わたしからもお礼を言わねばなりません。まずは上がってください」

清三郎が言うと、吉平は薄い笑いを浮かべた。

「なぜ、おゆきさんがこの小屋に上がらねばならないのですか」

吉平の言い方にはどこかひややかなものがあった。

清三郎は眉をひそめた。

「わたしとおゆきは夫婦です。だからおゆきが島流しになると聞いて、この島に来て待っておりました」

「待ってどうなさるおつもりなのですか」

吉平は無表情に訊いた。

「夫婦なのだから、ともに暮らすのは当たり前でしょう。一緒にご赦免の日がくるのを待つつもりです」

清三郎の言葉を聞いて、おゆきはため息をついて顔をそむけた。吉平は一歩前に出ておゆきをかばうような仕草をすると、厳しい口調で言った。

「あなたのことはおゆきさんから聞いております。たしかにご亭主ではあったようですが、勝手に家を空け、京に行かれたのですから、そのおりに夫婦別れをしたのも同然ではございませんか。それにあなたが京に行っている間におゆきさんは酷い目に遭われたのです」

責めるかのような吉平の言葉に清三郎は何も言い返せず唇を噛んだ。吉平は居丈高《いたけだか》な様子で話を続ける。

「おゆきさんは海に身を投げて死のうとされました。伊藤の旦那《だんな》様がお助けにならなければ、いま、こうしておゆきさんが生きていらっしゃることはなかったでしょう。

あなたの女房だった女のひとは亡くなったのも同然です」

「しかし、おゆきはいまここにいるのです。わたしはおゆきを助けなければなりません」

清三郎が必死の思いで言うと、吉平は嘲《あざけ》る表情になった。

「何をいまさら言われるのです。おゆきさんを救われたのは、旦那様ですし、旦那様のお言いつけでおゆきさんをお守りいたしてきたのはわたしです。あなたは何もしてこなかったのではありませんか」

吉平の酷い言葉が矢のように清三郎の胸に刺さった。おゆきがたまりかねたように身じろぎして口を開いた。

「吉平さん、それぐらいにしてくだささい。このひととわたしはもう何の関わりもないのですから」

おゆきが何の関わりもない、と言ったことに清三郎は愕然《がくぜん》となった。流罪となった島にまで自分がくれば、頑《かたく》なだったおゆきの気持も変わるだろうと思っていた。しかし、実際にはそうではなかったのだ。

清三郎はおゆきに向かって言った。

「わたしはどうしてもおゆきとやり直したいんだ」

「そんなことは無理だと何度も言ったじゃありませんか。どうして、あなたはあきらめてくださらないんですか」

おゆきは哀《かな》しそうに言った。

「しかし、この島まで来たんだ。ここでふたりでやり直してもいいじゃないか」

清三郎がすがるように言っても、おゆきは頭を横に振った。

「無理なんです」

「どうして、そんなことを」

清三郎がおゆきに詰め寄ろうとすると吉平が間に割って入った。そして清三郎を睨《にら》みつけるようにして口を開いた。

「わたしは長崎でお世話をする間に、おゆきさんに思いをかけるようになりました。旦那様がお縄になったとき、店の者は番頭も手代も皆、逃げました。しかし、わたしだけはおゆきさんを守って逃げなかったのです」

吉平の言葉をおゆきは目を閉じて、うなずきながら聞いていた。吉平はなおも話を続ける。

長崎の店から小左衛門が連れていかれた際、吉平はとっさにおゆきを連れて同じ長崎で小左衛門の商売仲間だった商人の家に逃げ込んだ。商人は小左衛門への義理から匿《かくま》ってくれ、吉平はおゆきとともに商人の家の離れにひそんだ。

小左衛門が捕われ、厳しい詮議が行われて死罪は免《まぬが》れないとわかると、おゆきは前途に望みを失った。思い詰めたおゆきを吉平は励ましつつ、世間の様子をうかがってなんとか長崎を脱出しようとした。しかし、それが果たせないうちに訴人《そにん》があって役人に捕えられたのだという。

「わたしはずっとおゆきさんに付き添ってきました。隠れ場所にお役人が踏み込んだときも逃げないでおゆきさんと一緒にお縄になったのです。流罪が決まってから、その心をおゆきさんにもわかっていただきました」

勝ち誇ったような吉平の言葉が雷のように清三郎の耳を打った。

「どういうことだ」

清三郎がうめくと、おゆきは申し訳なさそうに言った。

「島へ送られる船の中でわたしと吉平さんは夫婦約束をしたのです」

「なんだって」

「あなたが、先に島へ来ているなんて夢にも思いませんでしたから」

おゆきの声には悲痛な響きがあった。

十六

女の身が流罪《るざい》となった島で生きていこうと思えば、男の力が必要だ。おゆきが島送りになる途中、熱心に言い寄った吉平を受け入れる気になったのは無理のない話だった。

清三郎にもそれがわかるだけに、おゆきにかける言葉がなかった。黙り込んだ清三郎に代わって、万四郎が口を開いた。

「だけど、おじさんは去り状を書いたわけじゃないんだろう」

去り状は、俗に、

——三行半《みくだりはん》

ともいう。夫から妻へ、そなたは心にかなわぬから、離縁する、その後はどこに縁づこうともかまわない、という趣旨を三行半で書いた書状だ。

しかし吉平は平然として告げた。

「このひとが勝手に京へ行ったおり、仏師の師匠であり、おゆきさんの父上でもある高坂浄雲《じょううん》様から京へ上るなら離縁すると言われていたそうです。師であり、父でもある方に背《そむ》いたのですから、離縁されてもいたしかたありますまい」

清三郎は頭《かぶり》を振った。

「たしかに先生からはそう言われた。しかし、わたしはおゆきに京から戻る日を待ってくれるように頼んだ。わたしは夫婦別れしたとは思っていない」

「あなたの留守中、おゆきさんに何があったかご承知でしょう」

吉平がつめたい表情で言うと、おゆきはうつむいた。

盗賊に襲われた夜のことを思い出して辛《つら》くなったのだろう。その様子を見て胸がつまった清三郎は、

「おゆきに何があろうとも、わたしの妻であることにかわりはない」

ときっぱり言い切った。吉平は清三郎を睨みつけて、

「それは嘘です」

「なぜ嘘だなどというのだ」

清三郎は厳しい目で吉平を見返した。

「真《まこと》だと言うのなら、なぜおゆきさんを長崎まで迎えに来なかったのですか。そうすれば、伊藤様が〈抜け荷〉のお咎《とが》めを受ける前におゆきさんを救うことができたはずですよ」

吉平の鋭い言い方に清三郎は言葉を失った。たしかにおゆきが伊藤小左衛門と長崎に行ったとわかったとき、後を追うべきだったのかもしれない。

あのおりは伊藤小左衛門のもとにいれば、おゆきは大切に守ってもらえる、その間におゆきの心が落ち着くのではないかと思っていた。まさか、小左衛門が〈抜け荷〉の罪に問われるなどとは思いも寄らなかったのだ。

吉平は清三郎が黙り込むと勢いにのって話し続けた。

「ですから、あなたにはおゆきさんの亭主だなどと名のることはできないのです。わたしがおゆきさんの夫になって守っていくのですから」

昂《たか》ぶった様子で吉平が言ってのけた。吉平が言い終わると、男の澄んだ声がした。

「さて、それは難しいでしょうな」

戸口から日辰がゆっくりと入ってきた。

――日辰様

清三郎はあわてて板敷に跪《ひざまず》いて頭を下げた。おゆきと吉平も日辰が突如、現れたことに驚いた様子で後ずさった。

日辰はにこやかな笑顔で会釈《えしゃく》した。

「そこで、洩《も》れ聞きましたが、流人の男女がふたりで暮らすのはなかなか難しいことでしてな」

「お坊様はなぜさようなことを申されるのでございますか」

吉平が不満げに訊いた。日辰は困ったように頭をなでながら口を開いた。

「さて、仏門にある愚僧としては口にしにくいことなのですが、この島に流された女人はひとりの流罪人のものとなることはできぬと聞いております」

「なんですって」

「つまり、ひとりだけのものにすることはほかの流罪人が許さぬのです。なにせ、皆、女色から遠ざけられて島流しになったのですから。流罪人の女人の小屋にひとりが通えばほかの者も通います。女人をひとり占めにしようとする者は流罪人仲間から仕置きをされて命を奪われるのも珍しくないと聞いております」

「まさか、そのような」

吉平はごくりとつばを呑み込んだ。日辰は清三郎に顔を向けて話を続けた。

「だからと言って、あなたのもとで、この女人が暮らすというわけにも参りませんぞ。あなたは、拙僧ら〈不受不施派〉の助けによってひそかにこの島に入ってこられた。お役人はわたしの縁者と思い、見て見ぬ振りをしておるだけのことだ。あなたが流罪人を妻として暮らすのは見逃してもらえますまい」

清三郎は困惑した。せっかくおゆきを救おうと姫島まで来たのに、何もすることができないのだろうか。

「では、どうしたらよろしいのでしょうか」

清三郎は戸惑いながら日辰をうかがい見た。日辰はうなずいてからおゆきにやさしげな眼差《まなざ》しを向けた。

「この島で女人の流罪人が心安らかに暮らせる場所は少ないのです。あなたは、拙僧の庵においでになられればよい。先日、火事にあいましたが、皆のおかげで修繕もできましたゆえ」

「お坊様の庵に参るのでございますか」

「さよう。わたしは僧侶ゆえ、女犯《にょぼん》の戒律を守っております。あなたが同じ庵におられても煩悩を抱くことはありませぬゆえ、安心されるがよい」

「それは――」

おゆきは困ったように吉平の顔を見た。吉平は眉根にしわを寄せてしばらく考えていたが、やがて苦しげに顔をゆがめて言った。

「おゆきさんのためには、お坊様のもとにおられた方がいいと思います」

「吉平さん、それでいいのですか」

おゆきは心苦しそうに言った。吉平は大きくうなずいた。

「わたしたちと一緒に島送りになった者たちの中に鬼岩《おにいわ》というやくざ者がおります。本名は岩蔵《いわぞう》というのだそうですが、あの男は大坂で子分が三百人いたという博徒の親分だったとか。縄張り争いからひとを殺《あや》めて役人に追われ、九州まで流れてきたあげく、無頼《ぶらい》の徒《と》の頭となり盗賊を働いていたそうです。そんな男ですからおゆきさんを狙うかもしれません。そのことをわたしは恐れていました」

おゆきははっとした。

鬼岩は三十歳すぎの筋骨たくましい六尺を超す男だ。色黒で眉が太く、目がぎょろついたいかつい顔をしている。一見、相撲取りのように見える巨漢で、ふとした瞬間に見せる視線の鋭さに凶悪なものを感じさせた。

実家は摂津《せっつ》で庄屋も務め、苗字帯刀を許された名門だった。岩蔵はひとり息子でわがままいっぱいに育てられ、気が荒く十六歳のときには喧嘩沙汰《けんかざた》で村の者を傷つけ、勘当されて無宿者になった。

岩蔵はその後、大坂に出て喧嘩沙汰で名を売り、賭場《とば》荒らしを重ねて縄張りを広げ、ついには博徒の親分となった。町道場に通って剣術を稽古し、喧嘩騒ぎのときには両手に持った大刀と槍《やり》を振るって荒れ狂うことから、の仇名《あだな》がついたのだという。

――鬼岩
「あの気味の悪い男ですか」

「そうです。正直言って、わたしはあの男が恐《こわ》くてしかたがありません。おゆきさんをお坊様にお預けしたほうがいいと思います」

苦しげに言った吉平は清三郎に顔を向けた。

「ですが、それはおゆきさんをあなたのもとへ戻すということではありません。おゆきさんにはわたしの女房になっていただきます。そのことを忘れないでください」

念を押す吉平の言葉を清三郎は黙って聞いた。

日辰が申し出てくれたおかげでおゆきが吉平とともに暮らすことはなくなったようだ。しかし、おゆきが一度は吉平と夫婦約束をしたことに変わりはない。おゆきはどうしても自分のもとに戻りたくはないのか、と思って清三郎は気落ちした。

おゆきはさびしげに清三郎から目をそらせた。

この日のうちに日辰は、おゆきを庵に引き取ることを島役人に届けた。

流罪人の中に美しい女がいると、もめ事が起きやすいだけに島役人は日辰の申し出をすぐに許した。

おゆきは庵に住み、源兵衛とはま夫婦とともに日辰の身の回りの世話をすることになった。と言っても洗濯や水汲みのほか、とりたてておゆきにすることはなく、日々、日辰のかたわらで読経するばかりだった。

七日が過ぎた。

その間、おゆきは問われるままに日辰に身の上を話した。日辰は何も言わずに聞き続け、おゆきがすべてを話し終わった後、合掌して深々と頭を下げた。

「なにをなさいます。日辰様にさようにしていただくような女子《おなご》ではございません。おやめくださいませ」

おゆきがあわてて言うと、日辰は静かに口を開いた。

「あなたに頭を下げたわけではないのです。あなたの苦難に頭を下げたのですよ」

おゆきは戸惑って首をかしげた。

「わたしではなく、わたしの苦難に頭を下げるとはどのようなことなのでございましょうか」

「ひとはこの世になぜ生まれてくると思いますか。苦難を経て極楽浄土へ参るためだとわたしは思っております。苦難は仏へいたる道であるとも言えましょう。それゆえあなたの苦難に頭を下げずにはいられぬのです」

おゆきは日辰の言葉を嚙みしめるように考えていたが、やがてため息とともにつぶやいた。

「わたしは苦難を越え恨みを捨てることができますでしょうか」

「あなたは生きておられる。生きているということは苦難に勝ったということではありませんかな」

日辰は諭《さと》すように言ったが、おゆきはゆるゆると頭を振った。

「さように仰せ下さるのはありがたいことでございますが、わたしの心の裡《うち》にはまだあのひとへの恨みがございます。苦難に勝ったとはとても申せませぬ」

「あなたを残し、京へ上った清三郎殿がいまだに許せませぬか。清三郎殿はそなたを救いたいがためにこの島まで来たのですぞ」

日辰は慈愛のこもったやさしい目でおゆきを見つめた。

「あのひとの心持ちはよくわかっております。ありがたく、嬉《うれ》しいとも思っております。ですが、わたしは、賊に襲われたことを、あのひとを恨むことで忘れようといたして参りました。あのひとを許せば、わたしは自分ひとりであの夜のことを抱えて参らねばなりません。そのことが辛いのです」

「なるほど、無理からぬことです」

「あのひとはわたしを救おうとしてくれます。それはあのひとを許せと迫られることのような気がするのです。いま、わたしはすべてを忘れたいと思っております。しかし、あのひとは忘れさせてくれないのです」

おゆきの言葉を日辰は落ち着いた表情で聞いた。

「だから、清三郎殿のもとへ戻ろうとは思わないといわれますか。それはあなたのまことの心とは違うのではありませんか」

日辰に言われて、おゆきは苦しげな表情になった。

「仰せの通り、わたしの心は清三郎様のもとへ帰りたいと望んでいます。ですが、恐ろしいのです。もし、戻ってから、ふたりの思いがすれ違ったらどうしようかと」

「清三郎殿を信じることはできませんかな」

日辰はじっとおゆきを見つめた。

「信じたいのです。信じたいと心より願っております」

しかし、踏み切れないのだ、というようにおゆきは両手で顔をおおってむせび泣いた。

日辰は憐《あわ》れむようにじっとおゆきを見つめる。

十七

おゆきが日辰の庵《いおり》で暮らすようになってから、清三郎は一度も庵を訪ねず、仏像を彫り続けた。

落雷によって庵が火事になった際、炎を恐れず、お題目を唱え続けていた日辰の姿を模した不動明王だった。

不動明王は大日如来《だいにちにょらい》の化身だが、右手に降魔《ごうま》の宝剣、左手に悪を縛《しば》り、煩悩からひとびとを救い出すための縄である羂索《けんさく》を持つ。怒りで逆巻く髪を辮髪《べんぱつ》にして憤怒《ふんぬ》の相を浮かべ、迦楼羅焰《かるらえん》という炎を背負っている。

天界の〈火生三昧《かしょうざんまい》〉というひとの煩悩を焼き尽くす炎の世界に住み、ひとを救うのだという。それだけに怒りの形相《ぎょうそう》は凄《すさ》まじく恐ろしげだ。

不動明王を彫ろうと思ったのは日辰が燃え盛る庵の中でも、南無妙法蓮華経を唱え続けた凄まじい信仰心に感銘を受けてのことだが、正直なところ自らの心を表していない、とは言えない。

伊藤小左衛門が〈抜け荷〉の咎《とが》めを受け、親しくしていた息子の甚十郎とともに磔《はりつけ》になったことに、深い憤りがあった。

小左衛門の〈抜け荷〉は黒田藩の黙認を受けて行われていたはずで、そのことが幕府に知られそうになったため、すべての罪を背負わされたのではないか、と清三郎は考えていた。

小左衛門にはかねてからその覚悟があったかと思えるが、家族や店の者まで巻き込むことになるとは思っていなかったのではないか。

おそらく小左衛門は自身ひとりで責めを負うつもりだったのだろう。だが、藩は口封じのため小左衛門だけでなくまわりの者たちすべてを捕え、死罪か遠島にしてしまった。

おゆきもまた犠牲となったひとりだ、と思えば清三郎の胸には憤怒《ふんぬ》の思いがあった。その怒りが不動明王の仏像となって表れているのかもしれない。

清三郎はじっと不動明王を見つめた。仏像の憤怒の表情の下にはどれだけの悲しみがひそんでいるのだろう、と思った。

小屋の外では小雨がしとしとと降りだした。

ある日、清三郎は日辰の庵に行った。昨日の雨で地面がまだ湿っている。

おゆきとひさしぶりに話してみたいと思っていた。

庭先から声をかけたが、日辰が書見している傍らで庵の拭《ふ》き掃除をしていたおゆきは、清三郎が声をかけても目を向けるだけで声を発しない。すぐに顔を伏せて無心な様子で雑巾《ぞうきん》を手に拭き掃除をしている。

話をしたいとは思っていないのだ、と察した清三郎はさびしい思いがした。

清三郎がつきまとうことで、おゆきは賊に襲われた夜のことを思い出すのだ、という言葉が耳に甦《よみがえ》った。

ぼう然としている清三郎を見て、日辰は書物を閉じて立ち上がると縁側に出てきた。そして下駄を履くと、

——清三郎殿

と声をかけた。ついてこいという意味だと悟った清三郎は日辰に従った。日辰はゆったりと海岸に向かって歩いた。

暖かな陽差しが海面を照らし、波も穏やかな日だった。日辰の足取りはしっかりとしており、岩場へと入っていく。

そこは万四郎が仏像を彫るための材木があると言って案内した場所だった。やがて奥に材木が積まれている洞窟の前に立った。

日辰は洞窟には入ろうとせず、中をうかがっている。清三郎がそばに寄ると日辰は、手をあげて洞窟の奥を見るよううながす仕草をした。

清三郎が薄暗い洞窟に目を凝らすと、万四郎の後ろ姿が見えた。うずたかく積まれた材木を前に佇《たたず》んでいる。

「万四郎は、何をしているのでしょうか」

清三郎が首をかしげると日辰は静かに言った。

「万四郎の父親は船頭だったが、海で亡くなりました。あの洞窟には難破船の帆柱も積まれています。万四郎はその帆柱が父親の船のものではないか、と思い、父を慕って時おり、ここに来ておるようです」

「そうなのですか」

親を亡くした万四郎の心情を思って清三郎は胸がつまる思いがした。日辰は淡々と話を続けた。

「ひとは失った美しいものを忘れることができぬものです。それだけにおゆきさんは清三郎殿と会うと失ったものを思い出して辛いのでしょう。しかし、それはおゆきさんがいまもなお、あなたを慕《しと》うているということでしょうな」

「では、わたしはどうすればいいのでしょうか」

清三郎は真剣な表情で日辰に訊いた。日辰は洞窟から海へ目を転じて、

「望みを抱いて、待つことしかありますまい。待っていてくれる者がいると思うだけでひとの心は満ちるものです、おゆきさんの心の潮が満ちるのを焦《あせ》らずに待たれてはいかがかな」

と穏やかな声音《こわね》で言った。

「そうできればよいのですが」

清三郎がため息をつくと、日辰は言い添えた。

「仏の慈悲とは、文字通り悲しい心を慈しむこと。悲しみを抱いた人の心は仏様に慈しんでいただける。それゆえ時を待てばよい」

清三郎は海を眺めつつ、うなずいた。待てば、おゆきの心の潮が満ちるのだろうか。それはだれにもわからないことだ。それでも、自分には待つことしかできない、そう思いながら眺める海の上を白い海鳥が飛んでいく。

日辰と別れて清三郎は小屋へと戻った。

戸口から入ると、何か異様な気配を感じた。先刻までいた小屋の中の様子が変わっているのだ。

（——どうしたのだ）

訝《いぶか》しく思い、板敷に近づくと土間に不動明王像が倒れているのに気づいた。土足で踏まれたのか泥まみれになっている。しかも斧《おの》で割られたのか、不動明王の顔の部分がふたつに割れた無残な姿だった。

「なんということを」

清三郎は、土間に膝《ひざ》をついて不動明王を抱え起こした。斧を振るわれたのは顔だけではなかった。

顔をしかめた清三郎は不動明王の全身をあらためていった。宝剣や羂索を持った両手が折られ、背に負った迦楼羅焔もあちこちにひびが入り、割られている。ほとんど元の様をとどめないほどだ。

清三郎の留守中に何者かが小屋に忍び込んで不動明王像を壊したに違いない。

「どうしたの、そんな怖い顔をして」

振り向くと、戸口から万四郎がのぞきこんでいる。さっきまで海岸の洞窟にいたはずだが、清三郎が立ち去った後、帰ってきたのだろう。

清三郎は黙って手で不動明王像の残骸を示した。近寄った万四郎は不動明王をのぞき込んで、

——わっ
と声をあげた。なおも見入りながら、

「ひどいことをする奴がいるね。きっと仏様の罰《ばち》が当たるよ」

と言った。清三郎は頭《かぶり》を振った。

「いや、仏罰よりも先にわたしが始末をつけずにはおかぬ。こんなまねを誰がしたのか見当はついている。流人がやったに違いない」

「えっ、まさか——」

「ひょっとすると、吉平かもしれない。おゆきをわたしに取り戻されるのではないかと恐れているのだろう」

「だからといって、こんなことをするなんて」

万四郎は断ち割られた不動明王の顔を恐ろしげに見た。清三郎は立ち上がると万四郎に顔を向けた。

「仏師はおのれの魂をこめて仏像を彫るのだ。このようなことをされて、捨ておいては、わたしはこれから仏師として生きていくことができない。どうあってもやった者に報いを受けさせねばならない」

目を丸くして万四郎は訊いた。

「じゃあ、あのひとのところへ行くつもりなの」

「そうだ。流人小屋がどこにあるのか教えてくれ」

清三郎に訊かれて万四郎はしばらく考えた。そして、清三郎の目を見返して、

「やった者を責めるのはしかたないけど、乱暴をしてはいけないと思う。怪我させたりはしないと誓ってくれるなら流人小屋へ案内するよ」

清三郎は歯を食いしばって考えをめぐらせたが、ふっと息を吐いて言った。

「わかった。乱暴はしない。約束するから案内を頼む」

うなずいて万四郎は戸口へ向かったが外へ出ようとして、振り向くと、

「流人小屋は島の東側にある。ひとりじゃなくてほかの流人たちも同じところにいるから気をつけた方がいいよ」

と心配そうに言った。

「ほかの流人というと、吉平が鬼岩と呼んでいた男もいるのか」

「そうだよ。特にあの男が恐ろしいんだ。島のひとたちもあの男だけには近寄らないようにしている」

万四郎は声をひそめた。

「鬼岩は島のひとに何か悪さをしたのか」

「いや、何もしてないよ。でも、島のひとは永年、流人を見てきたから、顔つきを見ただけで、その流人がどんな奴かわかるらしいんだ。鬼岩はひとを殺すことをなんとも思わない奴だって皆が言ってる」

そうか、とうなずいて清三郎は万四郎に続いた。

風が吹いて清三郎の鬢《びん》を揺らした。

十八

吉平たちの流人小屋は島の東南にある崖《がけ》の近くに建てられていた。

岩場から細い道をあがった斜面に強風にさらされながらしがみつくようにして三軒の小屋があった。

「あそこだよ」

万四郎は細い道に出ると小屋を指差した。

「鬼岩は一軒の小屋にひとりでいるはずだけど、どの小屋なのかは知らない」

ほかの流人たちは、農家の手伝いに出て自分らの食い扶持《ぶち》を稼いでいるが、鬼岩だけは、小屋にいて働こうとはしない。

すでにほかの流人を子分にしていて、稼いできた食い物を取り上げる、そして百姓からせしめた濁酒《どぶろく》を昼間から飲んでいるらしい、と万四郎は話した。

清三郎は流人小屋に向かって道をのぼっていった。吹き付ける風が強くなり、ときおり、突風が吹いて、体がよろめいた。

流人小屋の一軒の前に立って、

「もし、ここに吉平という男はいるか」

と清三郎は声をかけた。

だが、何の応えもない。小屋の中には誰もいないようだ。清三郎は十間ほど離れたところに立つ小屋に行った。同じように戸口の前で声をかけたが、誰もいないようだった。

(三軒目には鬼岩がいるのだろうか)

清三郎は緊張しながら三軒目の小屋の前に立った。呼びかけたが誰も答えない。傍《かたわ》らの万四郎が、

「みんな、どこかへ行っているんだね」

とつぶやくように言った。すると、

「俺ならここにいるぞ」

と野太い声が聞こえた。

清三郎と万四郎がはっとして声がした方に顔を向けると、小屋のそばの小高くなって松が数本生えているあたりに大男が座っていた。

総髪で眉が太く、目が大きい。顎《あご》のあたりに無精髭が生えている。男は尻端折《しりはしょ》りして毛脛《けずね》を突きだし、あぐらをかいて一升徳利を片手に持ち、酒を飲んでいるらしく赤い顔をしていた。

清三郎は男が鬼岩だろう、と思いながら、

「吉平という男を捜している」

と告げた。男は、清三郎に鋭い目をむけた。

「そうか、俺のことを知っているだろう。鬼岩と呼ばれている。ここの流人小屋を仕切っているから訊《き》いておかねばならんな。吉平という男に何の用だ」

横柄な言い方で鬼岩は訊いた。

「わたしは仏師だ。仕事場で彫っていた不動明王が何者かに割られた。吉平の仕業ではないかと思って問い質《ただ》しに来たのだ」

「それなら見当違いだな」

鬼岩はにやにや笑った。

「どういうことだ」

「あの不動明王を割ったのは、俺だからだ」

鬼岩は腰をぽんと叩いて見せた。斧《おの》をまるで脇差《わきざし》のように帯に差している。この男がやったのか、と思って清三郎は鬼岩を睨《にら》みつけた。

「なぜ、あんなことをしたのだ。仏罰が当たるぞ」

清三郎の言葉を聞いて、鬼岩はげらげらと笑った。

「仏罰とやらがあるなら、俺が当たってやろうと思ったのさ。それで、きょうお前の小屋までのぞきに行ったら、誰もいなかったから、あの不動明王を斧で叩き割ってやったんだ」

その言葉を聞いて、清三郎はかっとなって詰め寄った。

「仏を軽んじるとは、おそれいった外道《げどう》だ。許されることではないぞ」

「許さぬというなら、どうするのだ」

鬼岩はぬっと立ち上がった。六尺を超す鬼岩が立ち上がると、あたかもひとに襲いかかろうとする熊のような凄みがあった。

鬼岩は腰の斧を手にすると悠然と清三郎に近づいた。

「俺があの不動明王を割ったのには、ほかにもわけがあるのさ」

「わけとはなんだ」

清三郎は腰を落として身構えながら言った。

「この島には別に不動明王がいるからだ」

「どういうことだ」

清三郎は間合いを開こうと少しずつ後退《あとずさ》りした。鬼岩はそんな清三郎の様子を楽しむように見つめていたが、

「不動明王はここにいる」

と言って着物の片肌を脱いで背中を見せた。

清三郎はあっと息を呑んだ。

鬼岩の背中には、宝剣を持ち、炎を背にした青黒い不動明王の彫り物があった。憤怒の形相も凄まじい、ひとを呪うがごとき不動明王だった。

「違う。貴様の背にあるのは、不動明王などではない。不動明王から退治される、ただの邪鬼だ」

清三郎が言い放つと鬼岩は振り向いた。目をぎょろつかせて清三郎を睨み据えた。

「ほう、俺が退治されるというのか。面白い、いますぐ、この場でやってもらおうじゃないか」

鬼岩は斧を振りかざした。斧の刃が不気味な光を放つ。その瞬間、万四郎が甲高《かんだか》い声で叫んだ。

「駄目だよ。そのひとを殺したら、島役人に訴えるからな」

「なにをほざきやがる。貴様も一緒にぶっ殺すぞ」

鬼岩は血走った眼で万四郎を睨んだ。万四郎は鬼岩の目を恐れずに声を大きくして言い募った。

「おいらは足が速いから酒に酔ったあんたにはつかまらないよ。それにおいらたち不受不施派の〈かくれ〉はこの島を出て福岡へ行くことができる。あんたが何かしたら福岡の御奉行様に訴えるからな」

目を据えて万四郎の言葉を聞いた鬼岩は、不意ににやりと笑った。

「なるほど、貴様らは厄介な連中のようだな。きょうのところは勘弁してやろう。だが、いつか痛い目にあわせてやるぞ」

嘯《うそぶ》くように言う鬼岩を見据えた清三郎は口を開いた。

「それはこちらの台詞《せりふ》だ。不動明王を割った報いはいずれ受けてもらう」

鬼岩は清三郎をじっと見つめたが、

「気のすむようにするがいい。その日が来るのを待っているぜ」

と言うと肩をゆすって小屋へ向かっていった。万四郎はとっさに清三郎の袖《そで》を引いた。

「ここにいちゃいけない。帰ろうよ」

万四郎にうながされても、清三郎はしばらくの間、鬼岩が入っていった小屋を睨みつけていた。

万四郎に急《せ》き立てられてようやく歩き出したとき、小屋から鬼岩の笑う声が聞こえてきた。


小屋に戻った清三郎は三日の間、割られた不動明王を見つめ続けた。

精魂込めて彫っていた不動明王がなぜあのような無頼《ぶらい》の徒《と》に割られたのだろう、と思うと口惜《くや》しかった。

それとともに不動明王にまだ仏性《ぶっしょう》が宿っていなかったのだ、と思い知らされた気がした。邪鬼を祓《はら》えてこその不動明王である。

自分の彫った不動明王が邪鬼に割られたのは、それだけ仏師としての技量が至らなかったと思うしかなかった。

なぜなのだろう。清三郎は何も食べず、一睡もせずに考え続けた。しかし、なぜなのかはわからない。頰《ほお》がこけ、憔悴《しょうすい》しても、清三郎には答えが見出《みいだ》せなかった。

万四郎がそんな清三郎を心配して、

「何も食べなきゃ死んじゃうよ」

としきりに言った。

だが、清三郎はなおも何ものかに憑《つ》かれたように考え続けた。

一晩中、土間に座り、割られた不動明王を見据えていた清三郎は土間に倒れ伏して、いつの間にか眠っていた。

ふと気づくと、朝になっていて、白々とした光が窓から差し込んでいた。起き上がろうとして、肩に仕事の際に着る筒袖の着物がかけられているのに気づいた。

板敷には握り飯が三個、竹の皮にのせて置かれていた。そばにはまだ湯気が立つ味噌汁の椀と箸《はし》が添えられている。疲労困憊《こんぱい》し、空腹にも耐えかねていた清三郎は握り飯を頰張り、味噌汁を口にした。

握り飯と味噌汁の味は、清三郎にとって懐かしいものだった。

――おゆきだ

清三郎が何も食べずにいることを、万四郎から聞いたおゆきが明け方に来て置いていったのだ、とわかった。風邪をひかないように着物を着せかけてくれたのもおゆきに違いない。そう思うと、涙が出た。

暁《あかつき》の光の中で清三郎のそばに寄り添うおゆきの姿を見た気がした。清三郎はなおも握り飯を食べ、味噌汁を飲んだ。空腹が満たされたとき、清三郎の胸に、そうだったのか、という思いが浮かんだ。

（わたしが彫った不動明王には憤りだけで慈悲の心がなかったのだ）

伊藤小左衛門と甚十郎が藩の身勝手なやり方の生贄《いけにえ》として磔《はりつけ》になったことへの怒りばかりがあり、亡くなったふたりへの思いに欠けるところがあった、としみじみ思った。

小左衛門たちになりかわり、藩に憤っているつもりだったが、従容《しょうよう》として死を受け入れたふたりの心に思いをめぐらせることはなかった。

日辰が、慈悲とは悲しい心を慈しむことだ、と言ったのを思い出した。小左衛門と甚十郎には博多の繁栄のためにあえて〈抜け荷〉という罪を犯す悲しい心があった。

その思いは計り知れないほど尊《とうと》いものではないか。それを思わず、藩の仕打ちに憤激するのは、ふたりを尊ぶことではなかった。

清三郎はあらためて割られた不動明王を見た。

（ただ憤るだけなら、世の中から憎まれ、見捨てられた無頼の者の憤りの方が大きい

に違いない)

だから、自分が彫った不動明王は鬼岩によって割られたのだ、と清三郎は思った。

不動明王が邪鬼を退治できるのは憤怒の相の下に隠した慈悲によってだ。

暁の光の中に立つおゆきの姿を思い浮かべながら、清三郎はこの島に来て自分が彫らねばならない仏像とは慈悲の仏だ、と悟った。

清三郎は立ち上がると、戸口に行って外を眺めた。すでにきらめくような陽差しが降り注いでいる。

清々《すがすが》しい朝の澄んだ空気が清三郎の胸に満ちた。

この日から清三郎は新たに仏像を彫り始めた。これまで、何度も彫ろうとしながら、なしとげられなかったおゆきを模した仏像である。

清三郎が仏像を彫り始めたことを喜んだ万四郎は、彫り進められていく仏像を熱心に見つめた。ほっそりとした体つき、やさしげな中にも凛《りん》とした清雅さが漂う顔、ゆるやかな衣をまとい、なだらかな女人を思わせる体つきの仏像は、

——弥勒菩薩《みろくぼさつ》だった。

清三郎は心を込めて鑿《のみ》を振るい、彫っていく。清三郎が彫り進むたび、まるで皮がはがれて、木の中にいた弥勒菩薩が現れてくるかのようだった。

ある日、日辰が小屋を訪れた。

清三郎は日辰が来たことはわかったが、振り向かず、ひたすら鑿を振るうばかりだった。その姿はまさに一心不乱だった。

日辰はしばらく清三郎の姿を見ていたが、やがて合掌して頭を下げると静かに小屋を出ていった。

清三郎は振り向かないままだった。清三郎は鑿を置いて、ふと見上げると微笑《ほほえ》むかのようなやわらかな表情の弥勒菩薩が美しい姿で立っていた。

十九

弥勒菩薩像が彫り上がったのは、さらに十日後のことだ。

夜が白み始めたころ、彫り上げた仏像を前に清三郎は鑿《のみ》を置いた。渾身《こんしん》の気力と体力を振り絞って彫りつづけてきた。

朝の光が差し込む中で弥勒菩薩像を見つめた清三郎はぼう然とした。いつも仏像を彫り上げた時にはなんらかの思いが胸に湧く。

できあがったものへの満足であったり、失望であったり、あるいは憤りや悲しみ、絶望めいた思いを抱くことすらあった。

しかし、いまはただ、頭の中が真っ白になったように弥勒菩薩を見つめるばかりなのだ。

『弥勒下生経《げしょう》』によれば、弥勒菩薩は慈氏《じし》菩薩とも言われ、未来に下界に降《くだ》って仏となり、衆生《しゅじょう》を救う。

釈迦の滅後五十六億七千万年後に、釈迦の救いに洩れた人たちを救いにやってくるとされ、弥勒は天竺《てんじく》の翅頭《きとう》城の大臣夫妻を父母として母の右脇より生まれ、三十二相を備え、竜華樹《りゅうげじゅ》の下で悟りを開いたとされる。

わが手で彫り上げたとは思えないほどの美しさが弥勒菩薩像の中から照り映えてくるのを清三郎は感じた。

――光だ
何も頭に思い浮かばないまま清三郎はつぶやいていた。自らの言葉を耳にして、ようやく、光とはどういうことだろう、と考えた。

伊藤小左衛門や甚十郎の刑死を思うにつけ、この世は闇《やみ》だと感じないではいられない。もし、闇の世に道を見出《みいだ》すとするならば、それは智慧《ちえ》の光しかないだろう。そして智慧の光こそが仏なのではないだろうか。

闇の世を生きるひとびとが味わうのは嫉妬《しっと》、欲望、我執《がしゅう》の苦悩ばかりだ。それを照らし出し、ひとを導く光こそが仏であるだろう。

仏の像を彫るとはすなわち、光を見出すことにほかならない。そう思えば、いままで仏像を彫りながら飽き足らないものを感じ続けてきたわけが腑《ふ》に落ちる。

(形を彫るのではないのだ、光を導くのだ)

仏像を彫る材木は、木片に過ぎない。仏性《ぶっしょう》が目に見えるものであるはずもなかった。彫り上げた仏像から放たれる光こそが仏性なのだ。清三郎は、

——無量光天
という言葉を思った。色界にはいくつもの天がある。無量光天は、生まれると身体より無量の光明を放つというのだと日辰が話してくれたことがあった。

清三郎の目から涙が滴り落ちた。

この世は本来、闇なのだ。それが光によって満たされ、空や山や野やそしてひとびとを見ることができるのは、仏の慈悲があればこそではないか。

仏性は探さなくとも、この世のすべてを覆い尽くしているのだ。

（ありがたいことだ）

そう思った清三郎はいつの間にか合掌して弥勒菩薩像を拝んでいた。すると、清三郎の背後から、

南無妙法蓮華経
南無妙法蓮華経
南無妙法蓮華経

とお題目が聞こえてきた。

清三郎が振り向くと、日辰が数珠《じゅず》をまさぐりつつ唱えていた。かたわらに万四郎も立って仏像を食い入るように見つめていた。

「日辰様——」

思わず清三郎が声をかけると、日辰はにこりと笑って、

「ようやく、できましたな」

と言った。清三郎は頭《かぶり》を振った。

「できたのかどうかわたしには、わかりません。ただ、彫り上がった仏像を見て涙が

出たのは初めてのことです」

「なぜ、涙が出たと思われますか」

「それも、わかりません。ただ、なんとなくですから」

清三郎がため息をつくと、日辰は合掌して弥勒菩薩像に頭を下げた後、口を開いた。

「清三郎殿は天道《てんどう》のひとかもしれません」

「天道のひと？」

清三郎は首をひねった。日辰は笑みを浮かべて、この世には悟りを開けぬままひとが輪廻《りんね》する、

天道
人間《にんげん》道
修羅《しゅら》道
畜生《ちくしょう》道
餓鬼《がき》道
地獄《じごく》道

の六道があるのだ、と話した。

「天道とは天人が住む世界です。天人は人よりも寿命が長く、苦しみも人間道に比べ

てほとんどないとされます。また、空を飛ぶことができ享楽のうちに生涯を過ごすとも言われます」

「わたしはとてもさような者ではございません。苦しみの中であがくだけの、ただのひとです」


清三郎は頭を横に振った。

「いや、あなたが仏を彫ろうとして辛苦するのは、この世で生きることだけしか願わぬ者から見れば、享楽に時を過ごすことでもあるのです」

「さようなものですか」


日辰がなぜ、このようなことを言うのかがわからず、清三郎はぼう然とした。日辰はさらに言葉を継いだ。

「さりながら、天道に住む天人は煩悩から解き放たれておらず、仏に出会うこともなく解脱《げだつ》もできません。しかしながらひとが住む世界は四苦八苦に悩まされ、苦しみも大きいが、仏に出会える世界であり、救いがあるとされます」

「では、わたしは救われることはないと」

「あなたは仏を彫ることで救われている。それ以上、救われなくともよいのです。だからこそ、おゆきさんを救うために懸命なのです」

日辰は微笑を浮かべた。すると万四郎が口を開いた。

「清三郎さんは、この仏像をおゆきさんのつもりで彫ったのかもしれないけど、俺には死んだおっかさんに似ているように見える」

見ると万四郎の目には涙が溜《た》まっていた。清三郎は、万四郎にやさしく言った。

「万四郎の目にそう見えるのであれば、この菩薩様の中に母御《ははご》が宿っているのであるかもしれぬな」

日辰はうなずいた。

「まことに、慈悲の像は女人の形をとる。女人は慈悲そのものですから」

日辰の言葉に万四郎は首をかしげた。

「そうでしょうか。佐平爺さんはいつも、女のひとはやさしいけど、おっかねえ。げめん、なんとかだと言っていました」

微笑して日辰は答えた。

「外面如菩薩内心如夜叉《げめんにょぼさつないしんにょやしゃ》のことであろう。女人は外面が菩薩に似て、内心は夜叉の如《ごと》しというからな」

「夜叉って、鬼のことでしょう。やっぱりおっかないんだ」

万四郎は本当に怖そうな表情をした。日辰は頭を振って話を続けた。

「ひとはみな、生まれながらの気性のままに生きれば、獣と変わらず、畜生道に落ちるやもしれぬ。しかし、仏の導きがあって、正しき道を歩くならば菩薩ともなる。夜叉になるとは女人の心が嵐に遭《あ》うが如きものだが、仏縁により、やがて黒雲は払われ、青空が見えるようになろう」

万四郎は納得したようにうなずいて、

「それを聞いて安心しました」

とほっとした表情になった。

おゆきは賊に襲われた後、夜叉の心となって彷徨《さまよ》ったのだろうか、と清三郎は思いをめぐらした。

いったん、伊藤小左衛門によって救われたおゆきは、今度は小左衛門の〈抜け荷〉事件に連座して、島流しにまでなってしまった。

本来、名のある仏師の娘であり、世の荒波など知らずに生きてきたおゆきがあろうことか、無頼の罪人と同様に流罪人となったのだ。

嘆きや憤り、世の中への恨みはどれほど大きく、深いかわからない。

おゆきは平静を保っているように見えても、その胸の内は、悲しみに満ちた夜叉となっているかもしれないのだ。清三郎は、おずおずとした様子で訊いた。

「おゆきはこの弥勒菩薩像を見て喜んでくれましょうか」

日辰はあらためて弥勒菩薩像を見つめた。

「この菩薩像にこめられたのはおゆき殿の魂そのものでしょう。ひとは魂と離れ離れでよいわけはありません。必ず、出会うでしょうが、無理はせぬことです。仏のご慈悲が縁となって、やがておゆき殿がおのずからこの仏像の前に立つでしょう」

日辰の言葉はもっともだと清三郎にも思えた。

この仏像の前におゆきはいつ立ってくれるのだろうか、と思いながら清三郎は木の香も芳《かぐわ》しい弥勒菩薩像に見入った。

二十

遠島となった流人は、一度は〈島抜け〉を企《たくら》む。

〈島抜け〉は容易なことではないが、後の嘉永《かえい》五年（一八五二）に、「武居村の吃安《どもやす》」と仇名《あだな》された甲州のやくざ者安五郎が関東の八丈島からの〈島抜け〉に成功している。

安五郎は、子分三千人と称した甲州一の俠客《きょうかく》だった。

島送りになったとき安五郎は三十歳の男盛りで、流人暮らしに耐えられなかったのだろう、翌年六月には六人の仲間とともに、〈島抜け〉を企てた。

安五郎は竹を集め、先端に盗み出した包丁をくりつけて武器を作り、〈島抜け〉決行の夜に島役人の家に押し入った。

安五郎は島役人を殺して鉄砲を奪うと、仲間が漁師を脅して用意した舟に飛び乗って逃走し、役人の追手《おって》を振り切った。

その後、本土に逃げ延びた〈島抜け〉の仲間は次々に捕まり、獄門になったが、安五郎だけは無事に逃げ延びて甲州に舞い戻った。子分たちに守られ、やくざとして大勢力を築いた。安五郎が奉行所の役人によって捕えられたのは十年後のことで、それまでは誰はばかることなく生き延びたのである。

また、万延《まんえん》元年（一八六〇）には、やはり八丈島で利右衛門という男が大がかりな〈島抜け〉を企てて、

——利右衛門騒動

と呼ばれることになる。

博打《ばくち》の罪で島流しとなり、在島十八年におよんだ利右衛門は三十人の仲間を集め、村の家に押し込んで脇差などの武器を手に入れ、陣屋を襲おうと計画を練った。

ところが直前になって役人に企てを知られ、利右衛門はただちに捕えられた。しか

し、残りの者たちは名主の家を襲って鉄砲を手に入れると山に逃げ込んだ。

役人がこれを追い詰め、流人たちの抵抗は半月に及び、数人が自殺、残りがようやく捕えられるという騒ぎになったのだ。

鬼岩は流人の仲間でいずれもやくざ者や盗賊だった、

丑五郎《うしごろう》

又吉《またきち》

竜造《たつぞう》

松蔵《まつぞう》

という四人を〈島抜け〉仲間にし、これに吉平も脅して仲間に引き入れていた。まず、鬼岩が仲間たちに命じたのは、〈島抜け〉のための武器と船の調達だった。

「まず、刃物と船が無けりゃ、どうしようもねえからな」

鬼岩が言うと、丑五郎が少し考えてから、

「そのためには、奴らを利用しちゃあ、どうだろうか」

「奴らってのは何だ」

鬼岩がじろりと睨《にら》んで訊くと、丑五郎があごをなでながら言った。

「この島には不受不施派の坊主がいるじゃありませんか。不受不施派の信心をしている奴らは、流人の坊主のために、こっそり船で行き来しては、物を届けているようだ。連中を脅して言うことをきかせれば、〈島抜け〉なんぞ、あっという間にできますぜ」

鬼岩はあごの無精髭《ぶしょうひげ》をつまみつつ、

「なるほどな、坊主を押さえりゃ、信者たちはこっちの思い通りに動くわけだ」

とつぶやいた。すると、又吉が膝を乗り出した。

「そんなら、連中がこの島へ船で物を運ぶのはいつかを探り出さなきゃなりませんぜ。その日さえわかりゃ、坊主のところに押しこんで坊主と女をひっさらったうえで、奴らを脅して船に乗り込んで、〈島抜け〉すれば、役人も追ってくる暇がねえはずだ。後は好きなところへ行けますぜ」

男たちは、それがいい、こいつは楽しみになってきた、と言い合った。だが、竜造がひややかに言った。

「船が来る日を探ると言っても、どうやるんだ。信者の奴らは口が固いぞ。俺たちが探ろうとしても、何も話さないんじゃないのか」

竜造の言葉を聞いた丑五郎が、不意に立ち上がると、吉平の前で片膝をついて声をかけた。

「おい、わかっているだろうな。この中であの坊主と話したことがあるのはお前だけだ。お前が奴らの動きを探り出すんだ」

　厳しい口調で言われて、吉平は震え上がった。

「とんでもない。そんなことはできません。それにわたしは〈島抜け〉をしようとは思いません。ご赦免を待って長崎に戻るつもりですから」

　言い募る吉平の顔を丑五郎はいきなり、なぐりつけた。

　――うわっ
　悲鳴をあげて吉平は板敷に転がった。ほかの男たちは吉平が殴られたのを見て、おかしそうに、くくっ、と笑った。

　吉平は起き上がると手をつかえ、頭を板敷につくほどに下げて、あえぎながら言った。

「おゆきさんには手を出さないと約束してくださいますか。もし、あなた方がおゆきさんに手を出すようでしたら、わたしはおゆきさんと海に身投げします」

　鬼岩は少し考えてから、男たちの顔を見回した。どの男も意味ありげに薄い笑いを浮かべている。どんな約束をしても、いざとなれば破ればいいと思っているのだろう。

　鬼岩はうなずいて、

「よし、わかった。あの女には手は出さねえ。なに、金さえ入れば、女に不自由はしねえんだからな」

と言って大声で笑った。その笑い声を聞きながら、吉平は口惜《くや》しげに目を閉じた。目から涙があふれていた。

翌日——

日辰は島民の葬儀で読経《どきょう》した後、庵への帰路をたどっていた。畑沿いの細い道を歩いていると、後ろから足音が聞こえてきた。何気なく日辰が振り向くと、つけてきていたらしい男が道沿いの木に身を隠すのが見えた。日辰はかすかに眉をひそめたが、そのまま歩き出した。しばらくすると、足音はなおもついてくる。日辰は足を止めて、振り向かずに口を開いた。

「吉平さんですな。拙僧に何か御用がおありか」

声をかけられて、足音が止まった。

日辰がゆっくりと振り向くと、吉平が悄然《しょうぜん》として立っている。日辰はゆっくりと吉平に近づいた。

吉平はうつむいたままだ。日辰は吉平を見据えて問うた。

「どうした。何か話があるから、拙僧をつけたのであろう」

　吉平は苦しげに顔をあげた。

「申し訳ございません。教えていただきたいことがございまして」

「何ですかな」

「今度、不受不施派の方の船が島に来るのはいつでしょうか」

　吉平はおどおどとして訊いた。驚いた様子もなく日辰は訊き返した。

「さようなことを知ってどうなさる。島役人に訴え出るおつもりか」

　さりげない言い方ながら、日辰の声には厳しさが籠《こも》っていた。吉平はあわてた様子で手を振った。

「いえ、めっそうもございません。ただ、博多にいる親への手紙をお預けできないものかと思いまして」

「ほう、親御様へのお手紙を託されたいのか」

「さようでございます。年取った両親がわたしのことを案じておるだろうと思いまして」

　話しながらも吉平の声は震え、額には大粒の汗が浮き、滴り落ちた。その様子を見た日辰は、あっさりと言った。

「嘘をついておられますな」

吉平は目を瞠《みは》って、頭《かぶり》を振った。その時、日辰は道の向こうの茂みに数人の男が隠れてこちらを見ているのに気づいた。

吉平の顔にはなぐられた跡のような痣《あざ》があり、目は赤く血走っている。

「吉平さん、あなたは誰ぞに脅されて、そのようなことを拙僧に訊いておられるのかな」

日辰に言われて、吉平はうつむいただけで、何も答えなかった。顔からはなおも汗が落ちている。

日辰はなおも話を続けた。

「流人の中には鬼岩というたいそう乱暴なやくざ者がおるらしい。清三郎殿の不動明王を斧で叩き割ったそうな。そのような男があなたを脅して、拙僧から船がいつ来るかを訊き出そうとしているのかもしれませんな」

日辰に見抜かれて、吉平は青ざめ、小さな声で答えた。

「滅相もございません。ただ、親もとへ手紙を出したいと思い立っただけでございます。ご無理なことを申しました。お許しください」

吉平は頭を下げて、踵《きびす》を返そうとした。

「待ちなさい。何も拙僧から訊きださずに帰れば、流人小屋に戻ってからひどい目に遭うのではないのか」

日辰は吉平を呼び止めて、ちらりと茂みに隠れた男たちに目を遣《や》った。

吉平は立ち止まったが、何も言えずにいる。日辰は少しの間、考えた後、

「船は満月の夜に来ることになっておる。今月の十五日、つまり三日後ということになる」

と告げた。吉平ははっとして振り向いた。

「それはまことでございますか」

「拙僧は嘘など言わぬ。何も訊きださずに戻って、そなたの身に万一のことがあっては不憫《ふびん》だから教えるのだ」

微笑して日辰が言うと、吉平は涙ぐんだ。

「申し訳ございません。お察しの通り、鬼岩たちに脅されたのでございます。奴らはとんでもないことを企んでおります」

吉平が言いかけると、日辰は手で制した。

「それ以上は言わずともよい。流人が船の出入りを知りたがるのは、何のためか訊かずとも察しはつくというものだ」

ぶるぶると吉平は震えた。おびえた様子で、日辰を見て、

「それでは、日辰様はわたしどもをお役人に訴えられるのでございますか。そうなればわたしも獄門になるかもしれません」

と言った。日辰はゆるゆると頭を振った。

「さようなことはせぬ。しかし、そなたは間違っても鬼岩たちと行動をともにせぬことだ。拙僧ら不受不施派はお上と命懸けで戦って宗旨を守ってきておる。どのような荒事にも備えはできておるのだ。流人が何人かかろうとも、船を奪われたりはせぬ」

「ですが、鬼岩は――」

日辰やおゆきを人質にしようとしているのだ、と言いかけて吉平は口をつぐんだ。それを洩らしてしまえば、鬼岩に殺されると恐ろしくなっていた。

日辰はじっと吉平を見つめたうえで、静かな笑みを浮かべた。

「そなたは、もう立ち去るがよい。そして拙僧が言ったことを鬼岩に教えるがよい」

吉平は涙ぐんで日辰を見返していたが、やがて、頭を下げると、そのまま背を向けて走り出した。

日辰はその背を見送りつつ、南無妙法蓮華経、南無妙法蓮華経と題目を唱えた。

日辰の目には、吉平が無明長夜《むみょうぢょうや》の闇の中をひたすらに走っているように見えたの

だ。

海から吹き付ける風が強まっていた。

二十一

三日後――

弥勒菩薩像を彫り上げた後、清三郎はぼう然として日々を過ごしていた。なぜか、京で過ごしたころのことがしきりに思い出された。

博多を出て、京に上《のぼ》り、押しかけるようにして弟子になった愚斎《ぐさい》は傲岸不遜《ごうがんふそん》だったが、仏像を彫ろうとする信念は誰にも負けないものを持っていた。

愚斎が一心不乱になって彫り上げた文殊菩薩は行き倒れの乞食坊主を模したものだった。智慧《ちえ》があふれる文殊菩薩と愚かしく行き倒れた乞食坊主とではあまりにも隔たりがあるように思えた。

だが、愚斎の心眼はその隔たりを越えて、まことの智慧とは何かを仏像に見出したのだ。いまの自分はそれほどの眼を持っているのだろうか、とあらためて思う。

さらに京の仏師吉野右京が清三郎が彫りかけていた観音菩薩の顔にひびが入ってい

るのを見ただけで、おゆきに凶事が起きていると告げたことも思い出す。恐ろしいほどの勘を備えたひとだった。

(技《ぎ》、神《しん》に入《い》るとはあの方たちのことだ。わたしはいまだにおよばない)

清三郎はため息をつく思いだった。

彫り上げた弥勒菩薩を見れば、その美しさにわれながら陶然となるが、それは智慧の光と言えるのだろうか。

おゆきをいとおしく思う煩悩が形となって現れただけなのではないか、という危惧が胸に湧いてくるのを抑えられない。

材木に向かい、鑿《のみ》を振るっていたとき、無心のようでありながら、目の前には常におゆきの顔があったのではないだろうか。いとおしく、そばにいたい、ともに生きていきたい、という思いだけが鑿を持つ手に込められていたようにも思える。

——それは邪《よこしま》な思いではない

と清三郎は思う。

ひとをいとおしむ気持こそ、慈悲なのだから、仏を彫る心として恥じることはない、といまの清三郎にはわかっていた。

もし、邪念があるとすれば、そのようないとおしきものをわがものにするために、ひとを憎む心だろう。いや、おゆきを奪う者がいれば、妬《ねた》み、嫉《そね》み、煩悩の炎に焼き尽くされるような思いをするかもしれない。

そう思って見ると弥勒菩薩像が誰にも渡したくないおゆきそのものにも思えてしかたがなかった。

（やはり、わたしはいまだに仏師となりえていないのかもしれない）

清三郎はそんなことを思いつつ、弥勒菩薩像を見ていた。そのとき、戸口でガタリと音がした。振り向くと吉平が戸口にもたれかかっていた。顔が血だらけで着物にも血が滲《にじ》んでいる。

「どうしたんだ」

清三郎は、吉平の傍《そば》に寄って肩を抱えた。吉平はがくりと土間に膝をついた。あわてた清三郎は吉平を抱え上げ、板敷に寝かせた。手拭《てぬぐい》を水瓶《みずがめ》の水につけると、吉平の顔の血をぬぐった。

誰かになぐられたらしく、瞼《まぶた》が切れて出血していた。

「何があったんだ」

なおも血を拭いながら訊くと、吉平はあえぎながら答えた。

「鬼岩の奴に――」

全身を殴られ、蹴られた吉平は痛みに耐えかねるようにうめいた。

「疵薬《きずぐすり》を日辰様からもらってこよう」

清三郎が言うと、吉平は激しく首を振った。

「日辰様のところは鬼岩の手下が見張っています。奴らは不受不施派の船を奪って〈島抜け〉をするつもりなのです」

「なんだと」

清三郎は息を呑んだ。

「鬼岩と一緒に四人の流罪人が〈島抜け〉をしようとしています。あいつらは、二手に分かれて鬼岩と丑五郎と竜造が名主の家から鉄砲や刀を奪い取り、他の者が日辰様を人質に取ろうと狙っているんです。日辰様だけじゃない。おゆきさんも狙われています」

吉平は途切れ途切れに言った。

「どうしておゆきが狙われるんだ」

驚いて清三郎は訊いた。

「伊藤様はおゆきさんのために、さるひとに大金を預けられたのです。おゆきさんを使って、その金を手に入れようというつもりなのです」

吉平は清三郎の袖《そで》をつかまえて、かすれ声で言った。

「わたしは奴らに脅されて日辰様から船が今夜、島に来ることを訊き出しました。日辰様は不受不施派には備えがあるとおっしゃって、わたしに教えてくださったのです」

「そうだったのか」

清三郎は緊張した表情になった。

「だけど、その時はわたしは鬼岩が鉄砲まで手に入れようとしているとは知りませんでした。鉄砲を手に入れた鬼岩は何をするかわかりません。ですから、わたしはこっそり日辰様にそのことを報《しら》せようとしたのですが――」

ごほっ、ごほっと吉平は咳《せ》き込んだ。清三郎は吉平の口のまわりの血を拭ってやりながら、

「鬼岩に悟られて、折檻《せっかん》されたというわけだな」

と言った。吉平は咳き込みながらもうなずいた。さらにかすれた声で、

「奴らはすでに日辰様の庵《いおり》を見張っています。ですから、源兵衛さんにそっと伝えて、お役人に訴え出てください。それしか鬼岩たちを抑える方法はありません」

と告げた。

「わかった。だが、あんたはどうやってここまできたのだ。流人小屋から誰にも見つからずに抜け出せたのか」

「鬼岩たちはわたしが倒れて気を失ったのを見て、そのまま出かけたようです。気がついたら誰もいませんでした。わたしは荒縄で縛られていましたが、なんとか脱け出して、ここに来たんです」

吉平は流人小屋のそばの岩に体をこすりつけて荒縄を切ったのだという。全身に擦《す》り傷があるのはそのためだった。

吉平は必死になって言った。

「清三郎さん、おゆきさんを、おゆきさんを守ってください」

清三郎はきっぱりと答えた。

「わたしの命に代えてもおゆきは守って見せる」

すでに日が暮れかけている。


そのころ、万四郎は日辰の庵でおゆきに、清三郎の彫った弥勒菩薩像を見に行くように勧めていた。日辰は源兵衛と何事か話しているようだ。

「とても、きれいな仏様だよ。皆、おゆきさんみたいだと言っている」

「そんなことはありません。わたしはきれいじゃないから」

おゆきは縁側から薄曇りの空を眺めながら言った。

「えっ、そうなの。日辰様もおゆきさんはきれいな女のひとだとおっしゃっていたよ」

万四郎は目を丸くした。

「わたしは汚れているから」

万四郎には顔を向けず、さびしげにおゆきは言った。万四郎は黙っておゆきの横顔を見つめていたが、不意に口を開いた。

「おゆきさんはひとの死体を見たことある？」

唐突な万四郎の言葉におゆきは驚いて頭を横に振った。

万四郎はうつむいて話した。

おいらは去年の夏、この島の海岸で土左衛門《どざえもん》を見つけたんだ。土左衛門って海で死んだひとの亡骸《なきがら》のことだよ。

岩場にひっかかるようにして海に浮いていた。その日の二、三日前に大風があったから、そのとき漁に出ていて舟がひっくり返って溺《おぼ》れた漁師じゃないか。どうしてそうなるのか、わからないけど体が気味悪く膨れ上がっていて、しかも顔は魚に食われたらしくて骨が見えていた。

島の人を呼びにいって、亡骸を引き揚げてもらい、葬《ほうむ》ってもらった。どこのひとかはわからなかった。たぶん、福岡の漁師じゃないかって、皆は言っていた。

日辰様がお経をあげたんだけど、おいらは亡骸が棺桶《かんおけ》に入って土に埋まるまで怖くてしかたがなかった。

だって、顔はどんな目鼻をしていたかもわからないほど崩れていて、海から引き揚げたとき、膨らんでいたあたりの肉が裂けて白い骨が見えた。しかも、凄く臭くて、亡骸が魚の腸《はらわた》を寄せ集めたものにしか見えなかったんだ。

気持が悪くなって、その晩から熱が出た。

源兵衛さんとはまさんが小屋でおいらの看病をしてくれたけど、なかなか熱が下がらなかった。寝ていると、亡骸がふわふわ浮いておいらに近寄ってくる夢を見るんだ。

しまいには、おいらの体も土左衛門と同じ様に青黒く膨れ上がって、海に浮いている。岩場にぶつかると、体が裂けて腐った水が噴き出した。だから、夜中に悲鳴をあげて何度か起きてしまった。

おいらには、あの土左衛門が海で死んだ父ちゃんみたいに思えたんだ。そうじゃないことはわかっていた。

でも、父ちゃんもあんな風に醜く、汚くなって死んじゃったのか、と思ったら悲しくて吐きそうになった。

どうにか、熱が落ち着いて、物が食べられるようになってから、おいらは庵に行った。そして日辰様においらの父ちゃんも、あの土左衛門みたいになって死んだんですか、って訊いた。そしたら、日辰様はゆっくり考えてから、

――そうだ
って答えたんだ。おいらは悲しくて涙が止まらなかった。しばらくして日辰様は、おいらに、ひとの体は、この世で魂が着ている着物みたいなものだ、とおっしゃった。

おいらには、よくわからなかったけれど、日辰様はひとが亡くなるということは、着物を脱いで、裸の魂だけになるようなものだ。

だから、脱いだ着物が汚れていたり、醜くても嘆くことはない、魂はきれいなままでいるんだから、と日辰様は言われた。

おいらには難しくてよくわからないけど、なんとなく、父ちゃんは、きれいなままどこかにいる。

あの土左衛門は父ちゃんの姿じゃないんだ、って思った。

万四郎は話し終えて、おゆきの目を見つめた。

「だから、おゆきさんは汚れてなんかいないと、おいらは思うよ」

万四郎の言葉はおゆきの胸を打った。

賊に襲われた夜のことは、何も覚えていない。しかし、時おり、ぞっとするような何かが胸を過《よぎ》ることがある。

伊藤小左衛門に世話になっていたおりも、店の中でふと、そばを通り過ぎた番頭や手代の息遣いや、臭《にお》い、さらには視線が寒気《さむけ》を呼び起こした。

いつも感じるわけではない。だが、何かのおりに、胸にさしこまれた手の感触や足を押し広げようとする男の力、のしかかってくる男の荒い息遣い、さらには胸が悪くなるような体臭が甦《よみがえ》る。すると体が恐怖に震え、何も考えられなくなり、涙がとめどなく出てくるのだ。

そんな様子をひとに覚《さと》られてはいけない、と思い、小部屋に駆け込んでは、うずくまっていた。

伊藤小左衛門に助けられ、日がたつにつれ、そんな思いも薄れたはずだった。しかし、小左衛門が〈抜け荷〉の咎めを受けて捕えられて刑死し、おゆき自身も流罪になってからは、体の奥底深くに恐ろしい思いが蟠《わだかま》っていた。

流罪となって島へ送られる途中の船の中で鬼岩たち、流罪人から何度も体を嘗《な》め回すような視線を浴びせられた。だからこそ、吉平から夫婦になろうと言われたとき、すがる思いで承知したのだ。

だが、それでも苦しい思いは消えることはなかった。

清三郎が島へ来てくれたことを知ったときには、泣きたいほど嬉《うれ》しかったが、それだけに体に染みついた汚れが消えることはない、という思いが深くなった。

清三郎にいい仏像を彫ってもらうためにも、自分は傍にいてはいけないのだと思い定めていた。

清三郎が弥勒菩薩を彫り上げたと聞いても見たいとは思えなかった。自分と似ているという弥勒菩薩の顔を見たおり、どれほど悲しくなるだろうか、と感じて足を向ける気にはならなかったのだ。

しかし、万四郎の言葉を聞いて、おゆきの胸にわずかながら光が差した。

現身《うつしみ》はしょせん、幻なのだ。だとすれば、何が起きようとも、あの世まで持っていくものではないだろう。

未来永劫《えいごう》、逃れられないかと思っていたものから、いつかは解き放たれるかもしれない、と思うと、かすかな望みが湧いてくる気がした。

清三郎が彫った弥勒菩薩は、釈迦の滅後五十六億七千万年後に、ひとびとを救いにやってくるのだという。

(もし、そうなら、待てばいいのだ。待てば、どんなに遠い将来でも、命が尽きていても、いつかは救われる)

そう思ったとき、清三郎の弥勒菩薩像を見たい、という切実な思いにかられた。おゆきはふと腰をあげた。すかさず、万四郎が声をかけた。

「弥勒菩薩様に会いに行くのですね」

万四郎の言葉におゆきはうなずいた。そうだ、弥勒菩薩像を見に行くのではない。会いに行くのだ、と胸の中でつぶやいた。

気がつけば、すぐそこに弥勒菩薩が来てくださっているのだ。会いに行かなければいけない。

おゆきは縁側から下りて、下駄を履いた。万四郎は嬉しげに庭に飛び下りた。

「行きましょう。いますぐに」

万四郎に急《せ》かされて、おゆきは微笑した。

夕方の陽差しがおゆきの顔をほの赤く染めていた。

二十二

清三郎は戸口から出て行こうとして吉平に声をかけた。

「おゆきが心配だから、わたしは日辰様の庵に行くが、あんたはどうする」

「わたしも連れていってください。おゆきさんを守りたいのです」

そうか、と言って清三郎は吉平をじっと見つめたうえで、大きくうなずいた。

清三郎は吉平に肩を貸して、戸口を出ると日辰の庵へ向かった。源兵衛の小屋の前を通る際に、

「源兵衛さん――」

と声をかけた。だが、小屋の中から応えはない。日辰のところに行っているのかもしれない、と思って足を急がせた。

日辰の庵に行くと、源兵衛が庭先に立ち、縁側の日辰と何事か話していた。

「日辰様、ご無事でしたか」

清三郎は吉平を支えながら、縁側に近づいた。日辰と源兵衛は血だらけの吉平を見て目を丸くした。

「流人の鬼岩が〈島抜け〉をたくらんでいるらしい。おゆきや日辰様に危害を加えるかもしれぬのです」

清三郎が口早に言うと、源兵衛はぎょっとした顔になった。こわばった顔で源兵衛は声をあげた。

「つい、いましがたまで、おゆきさんと万四郎がいましたが、あなたの彫られた仏像を見に小屋に行くということでしたぞ」

「なんですと」

清三郎は眉をひそめた。それなら途中で会うはずだった。どうして行き違ってしまったのかと不安になった。吉平が蒼白《そうはく》になって口走った。

「又吉と松蔵だ。あいつらは日辰様の庵をうかがっていたはずだ。途中で捕まえたに違いない」

おゆきと万四郎が流人たちによって捕えられた様子が、清三郎の脳裏に浮かんだ。

「しまった」

日辰が厳しい表情になった。

「鬼岩たちは今夜、不受不施派の〈かくれ〉が寄越す船に乗って〈島抜け〉をしようとしているに違いない。おゆきさんと万四郎はそのための人質にするつもりですぞ」

吉平が震えながら言った。

「鬼岩と丑五郎と竜造は名主の家を襲って鉄砲を手に入れようとしています。もし、鉄砲を手に入れて、おゆきさんたちを人質にとったら、〈島抜け〉を止められません」

「そうはさせない」

清三郎はきっぱり言うと、日辰に、怪我を負っている吉平さんを頼みますと告げ、さらに源兵衛に鬼岩たちの動きを島役人に報せるよう頼んだ。

日辰は眉をひそめて訊いた。

「あなたは、どうするつもりなのですか」

「わたしは奴らを追いかけておゆきを助けます」

「それは無茶だ。奴らは鉄砲を持っているかもしれない。あなたひとりでは太刀打《たちう》ちできないでしょう」

日辰は頭《かぶり》を振って言ったが、清三郎は真剣な面持《おもも》ちで答えた。

「わたしが仏師の修行のため京に行っている間におゆきは賊に襲われました。また、おゆきをそんな目にあわせるわけにはいかないのです」

「しかし、おゆきさんだけでなく、あなたも命が危ういことになりますぞ」

「覚悟しています」

清三郎は迷うことなく言い切ると踵《きびす》を返して走り出した。

おゆきは万四郎とともに小屋に向かう途中で又吉と松蔵に捕えられた。

小屋が見えるあたりに来たとき、いきなり道端の茂みの中から、ふたりの男が飛び出してきたのだ。

おゆきは驚いて声をあげようとしたが、又吉が素早く万四郎をつかまえて首筋に出刃包丁をあてた。

「騒ぐと、この餓鬼の命はねえぞ」

暴れて逃れようとする万四郎を押さえこみながら又吉が言った。言葉を飲み込んで立ち尽くしたおゆきの腕をつかまえた松蔵が出刃包丁を突き付けた。その様子を見て、

「おゆきさんを放せ――」

万四郎が大声をあげた。すると、又吉は面倒と思ったのか、万四郎の後頭部を出刃包丁の柄でなぐりつけた。万四郎はがくりと首をたれて、気を失った。

「万四郎さん」

おゆきは松蔵の手を振り払って万四郎に駆け寄ろうとした。しかし、松蔵が後ろから羽交《はが》い締《じ》めにして低い声で言った。

「静かにしろ、ちょっと餓鬼をおとなしくさせただけだ。おれたちの言うことを聞けば、なんてことはねえんだ」

松蔵に抱きとめられて、おゆきは思わず、声をあげそうになった。だが、松蔵は手でおゆきの口をふさぎ、又吉に目配せした。又吉はうなずいて、ぐったりした万四郎をかつぎあげた。

松蔵に捕えられたとき、おゆきの脳裏には賊に襲われた夜のことが浮かんだ。頭巾《ずきん》で顔を隠した黒装束の男たちがおゆきを取り囲んで笑った。やがて男たちのひとりがおゆきに手をのばしてきた。

逃げようとしたおゆきを別の男がつかまえる。必死にもがくと着ているものをはぎとられた。男たちの身動きが伝わってくる。悔しさと、憤りと憎しみが体中を炎のように駆け巡った。

恐怖がよみがえり、おゆきは息が詰まり失神した。

倒れたおゆきを又吉と松蔵は見下ろして薄笑いを浮かべた。

そのころ、鬼岩と丑五郎、竜造は名主の甚兵衛《じんべえ》の屋敷に押し入っていた。

三人はそれぞれ出刃包丁を竹の先にくくりつけ、槍《やり》のようにしたものを振り回して名主屋敷の下男たちを脅して奥に入った。

甚兵衛を見つけた鬼岩が怒鳴りつけた。

「おい、おとなしく鉄砲を出せ。手向かいしたり、逃げようとすれば命はねえものと思いやがれ」

五十過ぎで鶴《つる》のように瘦《や》せた甚兵衛は震えながら、三人を鉄砲を置いている武器蔵に連れていった。

武器蔵には鉄砲が三挺《ちょう》と弾薬だけでなく、大小の刀が数本、置かれていた。

「こいつはいいや」

丑五郎と竜造は喜んで刀と鉄砲を一挺抱えた。鬼岩も鉄砲二挺を持つと刀を腰にした。甚兵衛は震えながら、その様子を見ていたが、隙《すき》をついて逃げ出した。それに気づいた鬼岩が、

「待ちやがれ」

と怒鳴るなり、武器蔵の壁に立てかけていた包丁をくりつけた竹に手を伸ばして、逃げる甚兵衛の背中めがけて投げつけた。

包丁が背中に突き刺さり、甚兵衛はうめいて倒れた。鬼岩は丑五郎をうながした。

「直《じき》に島役人が駆けつけるだろう。さっさと逃げるぞ」

「わかりやした」

丑五郎と竜造はうなずいて、武器蔵の床に置かれていた荒縄で三本の刀をくるくると背中にかついだ。

鬼岩は倒れている甚兵衛の体を憎々しげに踏みつけ、

「おれの言うとおりにしねえから、こんなことになるんだ」

と嘯《うそぶ》いて外へ向かった。屋敷の中では、まだ下男たちが物陰に隠れて鬼岩たちの様子をうかがっていた。それに気づいた丑五郎がわめいた。

「てめえら、おれらの邪魔をすると名主同様、命はねえぞ」

屋敷中に響き渡る大声に下男たちは怯《おび》えて逃げ出した。鬼岩はせせら笑って、丑五郎、竜造とともに屋敷の裏門に向かった。

裏門から出ると、騒ぎを聞きつけたらしい島民が遠巻きにしていたが、鬼岩が片手で刀を抜き放って、

「失《う》せろ、寄るんじゃねえ」

と脅すと、島民たちも蜘蛛《くも》の子を散らすように逃げた。鬼岩と丑五郎、竜造はあたりを見回しながら、悠々と歩き去った。

島役人が駆けつけたのは、それから間もなくのことだったが、屋敷に甚兵衛の遺骸

が残されているだけで、鬼岩たちの行方は杳《よう》としてわからなかった。

同じころ清三郎は小屋に駆け戻っていた。やはりおゆきと万四郎の姿はなかった。どこへ行ったのだろうか、と清三郎は思案しながら、ふと彫り上げたばかりの弥勒菩薩像に目をやって息を呑んだ。

弥勒菩薩の顔に何かが刺さっている。あわてて近寄ってみると、清三郎が日頃、使っている鑿《のみ》が弥勒菩薩の額に突き立てられていた。

「おのれ、なんということをするのだ」

以前、鬼岩から、不動明王を斧《おの》で叩き割られた。

清三郎は憤りながら弥勒菩薩の額から鑿を引き抜いた。その瞬間、鑿で傷ついたところから、斜めにひびが走った。

――あっ
清三郎は声をあげた。

京で修行していたおり、愚斎の小屋を訪れた大仏師吉野右京が清三郎の観音菩薩像に目を止めて、

「そなたは女人への思いを仏像に込めたな。だが、思いは届かぬようだ。そなたの大

事な女人には凶事が起きているであろう」

と痛ましげに言った。ぎょっとした清三郎に右京は仏像の顔を指差して見せた。観音菩薩の顔は無惨にひび割れていた。

おゆきに災厄が起きているのではないか、と清三郎は不安に襲われた。博多へ戻ってみればおゆきは賊に襲われ、世をはかなんで姿を消していたのだ。

あのときと同じように仏像の顔にひびが走った、と清三郎は背筋が凍りつく思いがした。

(また、おゆきに恐ろしいことが起きるのか)

弥勒菩薩の顔を斜めに断ち切るひびを見つめながら清三郎は震えた。

二十三

一刻《いっとき》(約二時間)後——

清三郎が日辰の庵に戻り、おゆきの行方をどう探せばよいのか、と相談しているところへ、源兵衛に案内されて島役人の八木加兵衛《やぎかへえ》がやってきた。加兵衛は小柄で色黒の四十過ぎの武士で、日に焼けて色が褪《あ》せた羽織、袴《はかま》姿だった。

って従っていた。

加兵衛の後ろには鉢巻をして尻端折《しりはしょ》りで股引《ももひき》を穿《は》いた六人の下役たちが六尺棒を持

加兵衛の姿を見て、日辰は縁側から庭に降りた。加兵衛は日辰に近づくなり、

「日辰殿、女流人が鬼岩の一味の者に連れ去られたとは、まことか」

と問い質《ただ》した。日辰はうなずいて、

「鬼岩は、〈島抜け〉をたくらんでおるようです。おゆきという女人と男の子をひとり連れ去ったのは人質のつもりでございましょう」

「なるほどな、鬼岩は名主屋敷を襲って名主の甚兵衛を殺《あや》めたうえ、鉄砲や刀を奪って逃げた。おそらく島のどこかに隠れ、夜になるのを待って船を奪い、〈島抜け〉をいたすつもりであろう」

加兵衛は言いながら、庭の隅に跪《ひざまず》いている吉平に目を止めた。

「貴様、鬼岩たちと同じ流人小屋にいたはずだな。〈島抜け〉の一味には加わらなかったのか」

加兵衛は鋭い目で吉平を見つめた。吉平はおどおどしてうつむくばかりで返答もできなかった。代わって日辰が口を開いた。

「このひとは鬼岩の仲間になどならず、連中が〈島抜け〉を企《たくら》んでいることを報《しら》せに

来てくれたのです。鬼岩はわたしを人質にするつもりであったようです」

「日辰殿を人質にですか」

加兵衛は首をかしげた。

「さようです。今宵《こよい》、月があがるころ、島に船がやってきます。鬼岩はその船に乗り込むつもりでしょう。だが、連中は船がどこに着くかは知らぬはず。それを探り出すため、おゆきさんを人質にとったのでしょう」

日辰は淡々と言った。

加兵衛はじっと日辰を見据えたうえで、ふと目をそらせた。

「いまは、人殺しの鬼岩を捕えることが急務です。その船がなぜ島にやってくるのか、詮議《せんぎ》を控えましょう。しかし、奴らはどうやって船が来る場所を知ろうとするでしょうか」

腕を組んで加兵衛が考え込んだとき、日辰の後ろにひかえていた清三郎が前に出た。

「お役人様に申し上げます。鬼岩はすでに船が来る場所をおゆきとともにつかまえた万四郎という子供から訊きだしているかもしれません」

「なんだと」

加兵衛が目を瞠《みは》ったとき、日辰と源兵衛ははっとした表情になった。

清三郎はゆっくりと話した。

「わたしは以前、彫り上げた仏像を鬼岩に割られました。悔しくて仕返しをするため鬼岩のもとに押しかけたのです。そのおり、万四郎に案内してもらいました。わたしが鬼岩とやり取りになった際、万四郎はわたしを助けるために自分が不受不施派の〈かくれ〉だと名のりました。鬼岩は捕えられてきた万四郎を問い質して船が着く場所を訊き出すでしょう」

源兵衛があわてて口をはさんだ。

「いや、万四郎はどんなに責められても〈かくれ〉の船のことを口外したりする子じゃありません」

「わたしもそうだと思います。しかし、連中がおゆきをひどい目にあわせると脅したらどうでしょうか。万四郎はおゆきを救うためなら言ってはならない船のことも話すのではないでしょうか。不受不施派の皆様を裏切ってしまうことになるかもしれませんが」

悲しげに清三郎が言うと日辰が大きく、うなずいた。

「たしかにそうでしょうな。だが、仏法は一切の衆生を救うためのもの。おゆきさんを救うために万四郎が船のことを話してもやむをえぬことです。むしろ、仏はお喜びになりましょう」

日辰が言うと、源兵衛はほっとした表情になった。

「日辰様にそうおっしゃっていただけると、ありがたいです。万四郎は優しい子ですからおゆきさんがひどい目にあうのを放ってはおけないでしょうから」

清三郎たちの話を聞いていた加兵衛が日辰に向き直った。

「そういうことであれば、船が来るであろう海岸で待ち構えれば、鬼岩を捕えることができます。日辰殿、船が来る場所を教えていただきたい」

日辰は、困惑する様子も見せずに答えた。

「島の北側、烏帽子《えぼし》島が見えるあたりです」

烏帽子島は姫島から北の方角にある小さな無人島だ。〈かくれ〉の船は烏帽子島を目印にして北側の海岸に来るようだ。

「しかし、船が来るのは、夜だろう。暗くて烏帽子島など見えるはずもないが」

「さて、船乗りは夜目が利くと申しますから」

日辰は苦笑するだけで、それ以上は答えない。

船が島に近づく場所を定めた、ほかの方法もあるのだろうが、さすがに島役人にすべてを話すのはためらうようだ。

加兵衛はあきらめてうなずいた。

「よし、いずれにしても島の北海岸に網を張れば奴らを捕えることができるだろう。さっそく手配いたす」

加兵衛が背を向けて立ち去ろうとすると、清三郎が声をかけた。

「お役人様、奴らに連れ去られたおゆきはわたしの女房でございます。なんとしても助けとうございますから、わたしもお連れください」

清三郎に続いて吉平も身を乗り出した。

「わたしもお供させてください。おゆきさんを取り戻したいのでございます」

清三郎と吉平が必死な面持ちでなおも言うと、加兵衛は苦い顔をして吐き捨てるように言った。

「ならぬ。お上の捕り物にそなたたちのような怪しげな者や流人を加えることなどできるはずがない」

言い置いて加兵衛が去ろうとするのを日辰が呼び止めた。

「お待ちください。このひとたちは何としてもおゆきさんを助けたいと思っているのです。鬼岩とも関わりがあるだけにお連れになればお役に立ちましょう。それでもならぬと仰せであれば、わたしもこのひとたちとともに参ります」

「日辰殿も？」

加兵衛は驚いて目をむいた。

「はい、やってくるのは不受不施派の船です。ひょっとすると無理やり乗り込もうとする鬼岩の一味と争って騒動になるかもしれません。さようなときにはわたしがいた方がよいのではありますまいか」

日辰は落ち着いた口調で言った。加兵衛は少し思案したが、考えてみれば、ただでさえ鬼岩が名主屋敷を襲ったことで島内は騒然としている。これ以上、騒ぎが広がるのは避けたかった。

「わかり申した。日辰殿と両名の者、それがしの後より参れ」

加兵衛は言うなり、踵《きびす》を返した。

島の北側の海岸で鬼岩一味を捕縛《ほばく》するとなれば、下役だけでは足りない。島民を駆り集めて向かわねばならないだろう。

加兵衛は下役に島内をまわって人手を集めるように命じると、そのまま海岸に向けて歩き出した。

加兵衛とともに清三郎たちが、島の北側の海岸についたとき、すでに日が暮れかけていた。

海岸に着いた清三郎ははっとした。万四郎が仏像を彫る材木がある洞窟《どうくつ》へ案内してくれた海岸だった。あのとき、万四郎は洞窟にある材木を燃やして、〈かくれ〉の船を呼び寄せる合図にするのだ、と言った。

（そうか烏帽子島を目印とするのは、島にいる〈かくれ〉なのだ）

昼間の間に遠く烏帽子島が望める海岸に材木を運んでおいて、夜になれば篝火《かがりび》を焚《た》いて船を呼び寄せるのだろう。

加兵衛もはるかに海を見渡していた。やがて、下役に引き連れられて数十人の島民がぞろぞろとやってくると、加兵衛は声を張り上げた。

「間もなく、日が落ちるぞ。連中が来ても真っ暗ではどうにもならん。篝火を用意して、燃やすのだ」

と告げた。加兵衛も〈かくれ〉が船を呼び寄せる方法に思い当たったたようだ。

加兵衛はちらりと日辰に視線を送った。だが、日辰は表情を変えず、淡々としている。やがて島民たちは枯木を集めてきて火をつけた。

すでに夕闇《ゆうやみ》が訪れ、薄暗くなっていた海岸に篝火の赤い炎が灯《とも》り、金粉のような火の粉《こ》をまき散らした。

篝火を見つめて、吉平が弱々しい声でつぶやいた。

「奴ら、本当にここに来るでしょうか」

「さあ、わからぬな」

清三郎はさりげなく答えながら、目は海岸の洞窟へ注がれていた。ひょっとすると、鬼岩一味は万四郎の案内で、あの洞窟に身を潜めているのではないだろうか。だとすると、おゆきもあの洞窟にいることになる。

洞窟を眺める清三郎に潮風が吹きつけた。

二十四

又吉と松蔵は気がついたおゆきと万四郎を連れて山の中にある、いまは誰も使っていない流人小屋へ鬼岩たちと落ち合うために行った。

鬼岩は茶碗で濁酒《どぶろく》を飲んでいた。かたわらには丑五郎と竜造がいて同じように酒を飲んでいる。小屋の隅には鉄砲と刀が積み上げられていた。

鬼岩は、竜造たちが連れてきたのが、おゆきと万四郎だけだと知ると顔をしかめた。

「おれは坊主も連れてこいと言ったはずだぞ」

又吉がへらへら笑って答えた。

「だって、この女は伊藤小左衛門が遺《のこ》した金を手に入れるためにはどうしても連れていかなきゃならねえだろう。それに坊主まで連れてこようとすりゃ、あの仏師が騒ぎ立てて面倒なことになると思ったんですよ」

鬼岩はふんと鼻先で笑ってから、おゆきと万四郎に目をやった。そして万四郎の顔をつくづく見て口を開いた。

「お前、いつかあの仏師と一緒にいた餓鬼だな」

「だから、どうした。お前なんかこわくないぞ」

万四郎は大声で言い返した。鬼岩は手にしていた茶碗の酒を万四郎に浴びせた。万四郎が顔を酒で濡《ぬ》らして咳き込むのを見て、

「どうした、鬼岩親分、酒がもったいねえじゃないか」

丑五郎がにやにや笑いながら言った。鬼岩は一升徳利から、また濁酒を茶碗に注《つ》ぎながら、

「違《ちげ》えねえな。この餓鬼は前にも生意気なことを言いやがったから、腹が立ったのさ」

そこまで言った鬼岩はふと考え込み、しばらくすると狡猾《こうかつ》な目で万四郎を見つめた。

「そう言えば、この餓鬼は、前に出くわしたときに、自分は不受不施派で船を使って
いつでも島の出入りができると、たいそうなことをほざいていやがった」

鬼岩の話を聞いて丑五郎が目を細めた。

「ほう、それなら奴らの船がどこにいつごろ来るのか知っているわけだな」

万四郎は激しく頭《かぶり》を振った。

「知らない。おいらはそんな船のことなんか知らない」

「ほう、そうか」

丑五郎はゆっくりと立ち上がって万四郎に近づいた。いきなり、丑五郎は万四郎の
顔を平手打ちした。万四郎は悲鳴をあげて板敷に転がった。

丑五郎は倒れた万四郎のそばによると着物の衿《えり》をつかんで顔を引き上げると、二度、
三度と平手打ちした。万四郎の顔は真っ赤に腫《は》れ、鼻血が飛び散った。

「やめてください、そんなひどいこと」

おゆきが必死で止めようとした。丑五郎はそんなおゆきをゆっくりと振り向いて、

「こいつが、正直に言わねえのが悪いのさ」

とひややかに言って、また手を振り上げた。しかし、万四郎は大声で言い返した。

「なぐりたきゃ、何度でもなぐれ。だけど、おいらは何にも言わないぞ。不受不施派

はこんなことぐらいで音《ね》をあげたりしないんだ」

声高《こわだか》な万四郎の言葉に丑五郎は顔をゆがめた。

「こいつ、抜かしやがったな。だったら、死ぬまでなぐってやるぞ」

丑五郎は、思い切りこぶしで万四郎をなぐりつけた。うめく万四郎の衿をつかんでさらになぐろうとしたとき、竜造が声をかけた。

「おい、そいつをなぐり殺したら、何もわからなくなるだけだろう。それよりも、ほかにいい手があるぜ」

振り上げたこぶしを下ろして丑五郎は振り向いた。鬼岩がうすら笑いを浮かべて竜造に訊いた。

「ほかの手ってのは、何だ」

竜造は立ち上がって、おゆきに近づくと腕をつかんで引きずり、鬼岩の前に座らせた。

「その餓鬼が何もしゃべらねえなら、この女をいたぶるってのがいいんじゃねえか、と思いましてね」

「ほう、なるほどな」

鬼岩は濁酒をぐびりと飲んで、おゆきの体をなめまわすように見た。竜造の言葉を聞いて、おゆきは蒼白《そうはく》になった。顔を真っ赤にはらした万四郎が叫んだ。

「やめろ、おゆきさんに乱暴したら、承知しないぞ」

丑五郎がまた、万四郎の顔をなぐりつけた。なぐられた勢いで万四郎は板敷に転がった。

鬼岩がおゆきと万四郎を見比べながら、

「どうだ。しゃべる気になったか。お前がしゃべらないなら、おれたちは、この女を好きにさせてもらうぞ」

と嘲《あざけ》るように言った。又吉が身を乗り出して笑った。

「そりゃあいいや。おれたちは島流しになってから女は久しぶりだ」

松蔵は口のよだれを手でぬぐいながら、

「そうだとも、小僧、しゃべりたくなきゃ、何もしゃべるな。その方がおれはありがたいってもんだ」

と卑《いや》しげに言った。

万四郎はがばっと板敷に起き上がって口を大きく開けた。

「おゆきさんに何もするな。お前らの言うことは聞いてやるから」

鬼岩は満足げにうなずいた。

「やっと、その気になったか。それじゃあ、船はどこの海岸に何刻《なんどき》ころ着くのだ」

だが、万四郎はゆっくりと頭を振った。

「それは言えない」

「なんだと、貴様、まだ懲りないか」

丑五郎がこぶしを振り上げるのを落ち着いた表情で見つめた万四郎は、言葉を継いだ。

「場所を教えたら、お前たちはおいらとおゆきさんを始末して自分たちだけでいくつもりだろう。そうはさせない。船が着く場所へおいらが案内する。そして船を呼ぶ合図の仕方もそこで教える。それまでに、おゆきさんに指一本でもふれたら、何も教えない」

鬼岩は苦い顔をして丑五郎を見た。丑五郎は、あきらめたように言った。

「しょうがねえでしょう。まずは船をつかまえなければ、島役人の手が伸びますぜ」

竜造が腕を組んで言葉を添えた。

「船にさえ乗れば、あとはどうにでもなるんだ。いまはこの餓鬼の言うとおりにするしかありませんぜ」

又吉と松蔵も不承不承にうなずいた。それを見て、鬼岩は脅すような声で言った。

「わかった。小僧、案内しろ。しかし、変なまねをしやがったら、すぐに息の根を止めてやるからな」

万四郎は黙って、鬼岩を見返していたが、やがておゆきに目を向けた。

「大丈夫だよ。清三郎さんがきっと助けにきてくれる。おいらにはわかるんだ」

万四郎の澄んだ明るい声を聞いておゆきは目を潤ませた。

鬼岩は仲間とともにおゆきと万四郎を引き連れ、人目を避けて北の海岸へたどりついた。万四郎は岩場の洞窟へと案内して、

「船が来るまでここに隠れていたらいい」

と告げた。鬼岩は洞窟の中に積みあげられた木の破片を見て訊いた。

「これは何にするんだ」

「夜、船を呼ぶ目印にする」

「ほう、焚火《たきび》をすれば火を目がけて船がやってくるというわけだな」

「だけど、島役人の目が光っているときは、火を焚かない決まりだ。そのときは船は近づかずに帰っていく」

そうか、とつぶやいた鬼岩は洞窟の岩に腰を下ろした。

「いずれにしても、夜まで待つしかないな」

鬼岩が言うと丑五郎たちもうなずいた。そして持ってきた三挺の鉄砲のうち、二挺を又吉と松蔵に持たせた。それぞれが鉄砲や刀の持ち心地を確かめている間に時が過ぎ、夕方が近づいた。

夕日の赤い光が洞窟の入り口から差し込んだころ、又吉が外の様子をうかがいに行って、血相を変えて戻ってきた。

「大変だ。島役人が海岸まで出張《でば》ってきているぜ」

「なんだと」

険しい顔になった鬼岩がのぞきに行き、丑五郎や竜造、松蔵も続いた。岩に隠れて海岸を眺めると数十人の島民とともに日辰たちの姿も見えた。

竜造がうめいた。

「あの仏師もいるぞ」

鬼岩は腹立たしげな形相《ぎょうそう》で洞窟の奥に戻ると、万四郎に向かって、

「おい、島役人もここをかぎつけたぞ。どういうわけだ」

「知るもんか。だけど、島役人がここをかぎつけたとしたら、おゆきさんとおいらを助けるために日辰様が教えたに違いない」

万四郎は嬉《うれ》しげに言った。鬼岩は、ばしっと万四郎の顔を平手打ちした。倒れた万

四郎に目もくれず、鬼岩は仲間のところに戻った。

丑五郎が外の様子をうかがいながら、

「まだ、奴ら、ここにおれたちがいることには気づいちゃいないようだ。このまま隠れていて、船が来たら海へ飛び込んで、乗り込めば、追手から逃れられるぞ」

と低い声で言った。だが、鬼岩は頭を振った。

「だめだ。船を呼ぶには、目印の火を焚かなきゃならない。焚火がなかったら、船は戻ってしまうぞ」

うめくように鬼岩が言うと、洞窟の入り口から外を眺めていた松蔵が、

「鬼岩の親分、島役人め、願ったり、かなったりのことをしてくれるぜ」

と声をひそめて言った。

「どうした」

鬼岩たちはそろって入り口に行った。すると、海岸で島民たちが島役人の命《めい》を受けて篝火《かがりび》を焚いている。

「こいつは、いいや」

鬼岩がくっくっと笑った。丑五郎も笑顔で、

「島役人様が船を呼んでくださるんだ。ありがてえな」

と言った。又吉と松蔵もほっとした表情になった。だが、竜造だけが、まだ海岸を見続けて、

「安心するのはまだ、早いぞ。あの仏師の奴がこちらを見ていやがる」

と言って歯ぎしりした。

潮風が強くなってきていた。

清三郎はゆっくりと加兵衛に近づいて、

「お役人様、ひょっとして、鬼岩たちはすでにこの海岸に来ているかもしれません」

と告げた。加兵衛は眉をひそめた。

「なに、どこにいるというのだ」

「あの岩場には小さな洞窟があります。地元の漁師はそこに難破した船の木材などをためておいて、焚火に使ったりいたすそうです。鬼岩たちが潜む場所としてはうってつけでございます」

清三郎の言葉を傍《かたわ》らで聞いた日辰はうなずいた。

「あの洞窟なら、万四郎がよく行っておりました。もし、鬼岩に脅されて連れてくるとしたら、あの洞窟でしょうな」

加兵衛は目を光らして岩場を見た。そして、下役を呼んで、
「あの岩場に洞窟がある。鬼岩たちが潜んでいないか、探って参れ」
と命じた。はっと答えた下役たち六人が六尺棒を抱えて走り出した。
日が沈み、あたりは夕闇におおわれ、篝火の炎だけがあたりを照らしている。下役たちが洞窟に近づいたとき、
ずだ――ん
雷鳴のような鉄砲の音が鳴り響き、下役のひとりが倒れた。
「しまった。やはり、いたか」
舌打ちした加兵衛は洞窟に向かって走った。清三郎と日辰、吉平も続いた。鬼岩の探索に駆り出された島民たちもおずおずとついてくる。しかし、
ずだ――ん
またもや鉄砲の音が鳴り響いた。加兵衛は立ち止まり、
「退《ひ》け、退けっ」
と下役たちに声をかけた。下役たちは、倒れたふたりの同僚を抱え、あわてて駆け戻ってきた。その様子を見て島民たちはさらに後ろへと逃げた。
岩場の陰から、鉄砲を手にした鬼岩がゆったりと姿を見せた。両脇に丑五郎と刀を

手にした竜造が立っている。

その後ろには鉄砲を肩にかけた又吉と松蔵が、おゆきと万四郎を引き据え控えている。五人がそろっているのを見た吉平が加兵衛に震え声で言った。

「〈島抜け〉をたくらんだのはあの五人でございます」

そうか、と首を縦に振った加兵衛は大声で呼びかけた。

「鬼岩、もはや逃れられぬところだ。神妙にいたせ」

それを聞いて、鬼岩はげらげらと笑った。

「何を言いやがる。こちらには、鉄砲があるんだ。お前らが束になってもかないはしねえぞ。おれたちが船に乗り込むまで、そこで黙って見物していろ」

鬼岩が言い終わらぬうちに、日辰が篝火のそばに寄ると、いきなり足で蹴った。篝火が火の粉を散らしながら倒れた。

日辰はさらに燃えていた枯木を下駄で踏みつけて、炎を消していく。

「なにしやがる」

鬼岩はあわてて鉄砲で日辰を狙って撃った。だが、鉄砲の玉は日辰の近くの地面にめりこんだだけだった。

日辰は、まだ燃えている枯木を踏みながら、鬼岩たちを見据えた。

「目印の火がなければ、船は近くまでは来ませんぞ。もし、船を呼びたければ、ここまで来て焚火をすることですな」

読経《ときょう》で鍛えた日辰の声は海岸に響き渡った。

「おのれ、くそ坊主め」

鬼岩は歯嚙みすると、又吉と松蔵に目をむけてあごでしゃくった。又吉と松蔵はおゆきと万四郎を引きずって前に出てきた。

鬼岩は腰の刀を抜き放っておゆきに突きつけた。

「篝火をもう一度焚《た》け。さもないとこの女の命はないぞ」

日辰が口を引き結んで答えずにいると、加兵衛はひややかな声を発した。

「その女は流人である。流人の〈島抜け〉に利用されるならば、同罪であるゆえ、たとえ、そなたが殺そうとも篝火を焚くことはない」

非情な加兵衛の言葉に吉平は青ざめた。

「お待ちください。おゆきさんは流人とはいえ、何の罪もないひとでございます。お助けくださいませ」

吉平は言うなり、日辰が踏み消した枯れ枝に飛びついて、素手で残り火をかき集め始めた。加兵衛が目を怒らせて怒鳴りつけた。

「やめぬか、さようなまねをすれば、貴様も同罪だぞ」

しかし、吉平は加兵衛の声が聞こえないかのように、跪いて、燃える火で火傷《やけど》するのも構わず、枯れ枝をかき集める。

清三郎は吉平のそばに片膝《かたひざ》をついて肩に手をかけた。

「吉平さん、あんたの気持はよくわかった。もういい、おゆきはわたしが取り戻してみせる」

そう言うと清三郎は立ち上がり、大声で呼びかけた。

「お前らは間違っている。火を焚く場所はここではない。その洞窟の近くの岩場の上だ。ここで火を焚いても何にもならぬぞ。万四郎に訊いてみるがいい」

鬼岩は疑わしげに万四郎に目をやった。

「おい、奴の言ってることは本当なのか」

万四郎はゆっくりと首を縦に振った。鬼岩は万四郎を睨《にら》みつけて言葉を継いだ。

「どの岩場で火を焚くのだ」

万四郎は首を横に振った。

「おいらは子供だから詳しくは知らない。でも清三郎さんなら知っているよ。この島に来たときに見ているはずだから」

鬼岩はいまいましげに清三郎に目をやった。

「お前が言っていることが嘘でないなら、ここまで来て、どの岩場なのかを教えろ」

鬼岩が呼びかけると、清三郎は頬《ほお》に笑みを浮かべた。

「わかった。いま、そちらに行こう」

清三郎の背後で日辰が低い声でささやいた。

「さような出鱈目《でたらめ》を言ってどうするつもりです」

振り向かずに清三郎は答えた。

「おまかせください。わたしはおゆきを助けねばならないのです」

清三郎はゆっくりと歩き出した。

雲間に隠れていた月がのぞいて海岸を青白く照らした。

おゆきは近づいてくる清三郎を声も出せないまま見つめている。竜造が嬉しげに刀を抜き放った。白刃《はくじん》がきらりと月光に光った。

鬼岩に向かって真っすぐに歩く清三郎はさりげなく懐《ふところ》に手を入れて、しのばせてきた鑿《のみ》の柄を握った。

清三郎はかつて、仏像を彫ることでしか使ったことがない鑿で鬼岩たちと戦おうとしていた。

二十五

清三郎の脳裏《のうり》には、これまで彫り続けた仏像が浮かんでいた。

濁世《じょくせ》を生きるひとびとにとって仏は救いだ。

憤り、嘆き、悲しみ、煩悶《はんもん》するひとを仏はいたわり、連れ添ってくれる。ともに涙を流し、怒り、そして微笑《ほほえ》むのが仏だ。

ひとは仏に会うことによって鬼の手から逃れられる。だが、そのためには鬼とも向かい合わなければならない。ひとにとっての鬼とは、やはりひとなのだ。

清三郎は鬼岩たちがいる岩場に向かって歩きながら、自分の背後には多くの仏がいるのだ、と感じた。仏たちは清三郎を見つめ、励ましている。仏法に心を寄せるのはひとを救うためなのだから。

おゆきを救うためなら命を懸けてもいい、と思いながら清三郎は、懐の鑿《のみ》を握りしめた。清三郎が近づくにしたがって鬼岩は目を鋭くした。

「野郎、何かたくらんでいやがるぞ」

つぶやくように言った鬼岩は手にしていた鉄砲を構えた。清三郎は鬼岩が鉄砲で狙いをつけているのに気づいたが、歩みを止めない。

「おい、そのあたりで止まれ」

清三郎が岩場まで三十間（約五十五メートル）ほどの距離に来たとき、鬼岩は怒鳴った。しかし、清三郎は足を止めようとはせず、なおも歩き続けた。

「止まれ、と言ったぞ」

鬼岩はわめいて鉄砲を放った。

硝煙とともに雷鳴のような音が響き渡り、清三郎は転倒した。

地面に仰向けに倒れた清三郎はうめきながら、ゆっくりと体を起こした。脇腹を鉄砲の玉がかすめて、焼けるように熱く痛かった。脂汗《あぶらあせ》が出ていたが、よろめきながらも立ち上がる。

加兵衛が大声で呼びかけた。

「戻れ、奴らはそなたを殺す気だぞ」

しかし、清三郎はなおも歩いていく。鬼岩は清三郎を睨み据えながら、

――丑五郎
とうなるように言った。丑五郎が又吉から渡された鉄砲を構えながら、

「やっちまいますか」

と訊くと、鬼岩は、おう、と野太い声で答えた。丑五郎は火縄が燃える鉄砲を構えて狙いを定めた。それを見て、おゆきが、叫んだ。

「清三郎さん、逃げて。こっちにはこないで」

万四郎も声を張り上げる。

「おじさん、危ない。鉄砲で狙ってるぞ」

だが、清三郎は微笑を浮かべただけだ。丑五郎が鉄砲を撃った。再び、轟音《ごうおん》が響いた。清三郎は弾《はじ》かれたように倒れた。

丑五郎が胸を狙って撃った鉄砲の玉は清三郎の鬢《びん》をかすめていた。清三郎は頭をなぐられたような衝撃を受けていた。こめかみに火傷を負い、血が流れた。清三郎は一瞬、気を失ったが、

――清三郎さん
おゆきが悲鳴のような声をあげると、清三郎は手をついて起き上がった。眩暈《めまい》がして、あたりの景色がかすんで見える。

おゆきの声がした方角に黒々とした岩場があるのがわかった。そこに鬼岩たちがいる。男たちのせせら笑う声が聞こえてくる。

清三郎はよろめきながら立ち上がった。鬼岩が怒鳴り声をあげた。

「やめろ、やめろ。いまは玉がはずれたが、次には胸板をぶち抜くぞ。尻尾《しっぽ》を巻いて戻んな」

丑五郎が鉄砲に玉を込め始めると、おゆきと万四郎を捕えている又吉と松蔵が声をあげた。

「俺にも撃たせてくれよ」

「面白いじゃねえか。やらせてくれ」

鬼岩は振り向いて笑った。

「ああ、あいつがもっと近づいたら撃たせてやる。だが、もう恐ろしくて一歩も前には進めねえだろう」

そう言いながら清三郎に目を遣《や》った鬼岩はぎょっとした。清三郎がふらつきながらも歩いてくるのだ。

加兵衛がまた清三郎を呼び戻そうとした。

「戻れ、戻らぬか」

しかし、清三郎は立ち止まろうとはしない。その背に向かって日辰が合掌して、お題目を唱えた。

南無妙法蓮華経
南無妙法蓮華経
南無妙法蓮華経

清三郎は日辰の声に力を得て後押しをされるように進んでいく。よろめきながらも一歩、一歩ずつ鬼岩たちに近づいていく。

「野郎――」

松蔵がわめいて鉄砲を構えた。すると、松蔵の手を離れた万四郎が岩場に飛び上がり、さらに浅瀬に飛び込んだ。万四郎は袖《そで》を広げて海水をすくうと、松蔵に向かって跳ね飛ばした。海水が鉄砲を濡らして火縄の火を消した。

「何をしやがる」

松蔵が振り向くと、万四郎はさらに海水を丑五郎が持つ鉄砲めがけてかけた。鬼岩と丑五郎はあわてて、鉄砲の火縄をかばったが、万四郎は容赦なく海水を浴びせかける。次々に火縄が消えていった。

又吉がおゆきを放して浅瀬へ飛び込み、万四郎を捕まえようとした。だが、万四郎は巧みに又吉の手を逃れて、河童《かっぱ》のように海中に潜った。

「逃がさねえぞ」

又吉は浅瀬の中を捜し回り、黒い影を見つけて飛びついた。だが、又吉が手にしたのは万四郎が海中で脱ぎ捨てた着物だけだった。

――くそっ
又吉がうめいたとき、万四郎は下帯だけの姿で浅瀬から岩場にとりついた。敏捷《びんしょう》な身ごなしで這《は》い上がって岩場に立つと大声を出した。

「おじさん、奴らの鉄砲はもう使えねえぞ」

清三郎がにこりとして足を速めるのと同時に又吉の手を逃れたおゆきが駆け出した。

鬼岩は火縄が濡れた鉄砲を放り捨てると、刀を手におゆきを追いかけた。丑五郎と竜造がそれに続く。

松蔵と又吉は岩場で万四郎を捕まえようとしていた。鬼岩が凄まじい形相でおゆきに迫った。

「待ちやがれ」

おゆきは振り向かずに清三郎に向かって走った。鬼岩たちを振り切ったおゆきは清三郎の胸に飛び込んだ。

「清三郎さん――」

「おゆき――」

清三郎は、おゆきを抱きとめた。しかし、そのときには鬼岩たちがまわりを取り巻いていた。鬼岩は刀を抜いて、清三郎に向かって突きつけ、

「その女を渡しな。俺たちにとっては、島抜けしてからの大事な金蔓《かねづる》なんだ。お前にとっちゃ別れた女房かもしれねえが、いまさら用はねえだろう」

と鋭い声を発した。

清三郎はおゆきを背にかばいながら頭を横に振った。

「いや、おゆきはいまでもわたしの女房だ。お前らに渡すわけにはいかない」

きっぱりとした言葉を聞いておゆきは清三郎の背にしがみついた。おゆきの目から涙があふれた。

鬼岩はせせら笑った。

「きれい事を言っているが、その女はお前の女房だったとき、盗賊に襲われて慰みものになったそうじゃねえか。しかもいまでは流罪人だ。そんな女を命がけで後生大事にすると後悔するぜ」

清三郎は懐から鑿《のみ》を出した。研ぎ澄まされた鑿が鈍い光を放った。

「何があろうと、わたしにとっておゆきは昔と変わらない観音様だ。仏師であるわた

しが命がけで観音様を守る気持は、未来永劫変わらない」
静かに言いながら、清三郎は鑿を構えた。
「おれたち三人に、ひとりでやるつもりか」
「わたしはひとりではない。多くの仏のお守りがある」
清三郎は何でもないことのように言い切った。
「なんだと。ふざけたことを言うじゃねえか」
鬼岩はにやにやしながら舌で唇をなめた。
「嘘ではない。貴様には見えぬのか。まわりには仏法に帰依《きえ》する衆生を守護する四天《してん》王《のう》がおわすのが」
清三郎は薄暗い海岸を見回しながら言った。
四天王とは須弥山《しゅみせん》の中腹、第六天の四方を守護する天をいう。すなわち四天下を守護する、
持国天《じこくてん》
増長天《ぞうじょうてん》
広目天《こうもくてん》
多聞天《たもんてん》

である。帝釈天《たいしゃくてん》に仕え、八部衆を支配するという。武器を手に甲冑《かっちゅう》をつけた武将の姿の仏像とされることが多い。

清三郎が視線をめぐらすと、甲冑をつけた巨大な四天王が忿怒《ふんぬ》の相で鬼岩たちを取りまいている姿が浮かぶかのようだった。

鬼岩は笑いを消して、清三郎を睨みつけ、丑五郎と竜造に声をかけた。

「ぐずぐずしていたら島役人がこっちに来る。こいつをさっさと叩き殺して女は連れて行くぞ」

丑五郎と竜造は、おう、と答えた。刀を構えた竜造が足元の土を蹴立てて、清三郎に斬りかかった。清三郎は鑿で刀を弾き返した。

竜造があっと声をあげた。刀が鍔元《つばもと》から折れたのだ。竜造は信じられないという顔で刀を見つめた。そのとき清三郎が踏み込み、竜造の脇腹に鑿を突き立てた。うめいた竜造はくの字に折れ曲がって倒れた。

「この野郎――」

丑五郎が刀を振りかざして斬りかかる。清三郎はわずかに身をかわすと、刀を持つ丑五郎の腕に鑿を突き立てた。うわっ、とうめいて刀を取り落とした丑五郎はあわてて左手で刀を拾おうとしたが、清三郎が足で刀を踏みつけて取らせない。

「貴様——」

飛びかかってこようとした丑五郎の額を清三郎の鑿が打ち据えた。悲鳴をあげて丑五郎は地面に転がった。両手で押さえた額が血まみれになっていた。

清三郎はすかさず鬼岩に向かって鑿を構えた。おゆきは清三郎の背にすがっている。

鬼岩は大きく息を吐いた。

「なるほど、もとは侍だったというのは嘘じゃねえな。だが、俺もこいつらと同じだと思ったら大間違いだぞ」

鬼岩はゆっくりと腰を落として刀を構えた。清三郎を睨み据える目が落ち着いている。鑿の動きを見定めながら、じりじりと間合いを詰めてくる。

清三郎も腰を落とし、鬼岩のわずかな動きも見逃さないようにした。鬼岩が斬りかかる一瞬が生死の境を分けることになるだろう。

(なんとしてもおゆきを守る)

清三郎が鑿を握りしめる手に力をこめたとき、鬼岩の視線が動いた。清三郎の後方を見て、にやりと笑った。

「火が燃えてるぜ。どうやら船を呼び寄せる気になったようだな」

「なんだと」

清三郎は驚いたが、振り向いて鬼岩に隙を見せるわけにはいかなかった。代わって日辰たちがいる方角を見たおゆきが口を開いた。

「本当です。焚火が燃えています」

焚火の明かりは、松蔵と又吉に追われて岩場を逃げ回っていた万四郎にも見えた。海岸の火に気づいた万四郎は沖に目を遣った。すでに暗くなった海上に帆をあげた船の黒々とした影が見えた。

「船だ。〈かくれ〉の船がやってくるぞ」

万四郎が大声で叫ぶと松蔵と又吉も沖を眺めた。船影を見て、ふたりは、

「船だ」

「〈島抜け〉ができるぞ」

と狂喜して大声を出した。

船はゆったりと岩場に近づいてくる。

二十六

海岸で吉平に火を焚かせたのは、日辰だった。吉平は島役人が集めた島民たちに手

伝ってもらい、枯れ枝をかきあつめて燃やした。

薄闇の中に炎が上がって皆の顔を赤々と照らした。沖を見つめて加兵衛が低い声で言った。

「船が近づいて参りますぞ」

日辰はうなずいて、海岸の西側を指差した。小舟が海上をすべるように進んでくる。

「あの舟は、何だ」

加兵衛が息を呑んだ。

「かねてから手配しておりました〈かくれ〉の船につなぎをつける舟です。〈かくれ〉が運んできた荷を下ろすのでございます」

日辰は落ち着き払って答えた。

「何ということを」

うめきながら加兵衛が見つめる間に、小舟が船に近づいていく。船から荷を下ろして海岸に来るのだろう。

「あの小舟に乗り込んで、鬼岩も島を出ていくことになりましょう」

日辰の言葉に加兵衛は目を瞠《みは》った。

「なんと、奴らに〈島抜け〉をさせるつもりか」

「いま捕えようとすれば怪我人が増えるだけでございます。船に乗れば〈かくれ〉の者たちが始末いたしましょう」

日辰は自信ありげに言ってのけた。

「始末いたすとはどういうことですか」

加兵衛は日辰に詰め寄った。

「海の上では船長《ふなおさ》がすべて差配いたします。仏の道に従わぬ無頼の者は、海の掟《おきて》によって裁くと存じます」

鬼岩たちが船に乗り込めば、〈かくれ〉の船長によって海に沈められるだろうということのようだ。加兵衛は血相を変えて叫んだ。

「ならぬ。流罪人をいかにするかは、われらの役目だ。お上のご威光を軽んじるがごとき振る舞いは見過ごせぬ」

日辰は鬼岩と対峙《たいじ》する清三郎を目を凝らして見つめながら、

「ならば、あの者たちをすぐに捕えればよいではございませんか。さすれば、〈かくれ〉は手を出しません」

とつぶやいた。加兵衛は清三郎が丑五郎と竜造をすでに倒した様子を見て、下役たちに、

「いまだ。鬼岩を捕えるぞ」

と指示して、自ら走り出した。下役たちが緊張した面持ちで加兵衛に従った。

清三郎はなおも鬼岩と向かい合っていた。鬼岩は加兵衛たちが近づいてくるのに気づいて、

「島役人め、やっと自分で捕まえる気になったか」

とせせら笑った。丑五郎と竜造は倒れたままうめいている。

「観念しろ。もはや逃れられんぞ」

清三郎が語気鋭く言っても、鬼岩は平然としていた。

「どうかな。捕まえられるなら、やってみろ」

鑿《のみ》を手にした清三郎が詰め寄ろうとしたとき、轟音が響き渡った。

「覚悟——」

清三郎はおゆきをかばって地面に身を伏せた。駆け寄ろうとしていた加兵衛たちも海岸に伏した。

松蔵が岩場から降り、鬼岩が放り捨てた鉄砲の火縄を取り換えて撃ったのだ。岩場の万四郎は又吉がいるため、海水を鉄砲にかけることができない。

松蔵はさらに玉を込めて、加兵衛たちに狙いを定めた。また、雷鳴のような音が鳴

り響いて、下役のひとりが撃たれて、体が弾けとんだ。

「おのれ」

清三郎は顔を上げたが、鉄砲を警戒して起き上がることができない。その様子を
嘲《あざけ》るように見た鬼岩は、大きく口を開けて言った。

「貴様を生かしておくのは業腹《ごうはら》だが、せっかく船が来たんだ、命は預けておいてやるからありがたく思え」

鬼岩は背を向けると岩場に向かって走り出した。

「待てっ」

清三郎が立ち上がったとき、またもや鉄砲が撃たれて弾が傍らの地面にめりこんだ。

やむを得ず、清三郎が身を伏せると、加兵衛が声を高くした。

「鬼岩を逃がすな。奴がこのまま逃げれば、一味の流人だけでなく、女も日辰殿も同罪じゃ。生きて島から出ることは許されぬぞ」

加兵衛の言葉を聞いて、清三郎はさっと立ち上がった。

おゆきが清三郎に取りすがった。

「なにをされるつもりですか。鬼岩は逃げてもいいではありませんか。わたしは島流しのままでもかまいません」

清三郎は激しく頭を振った。

「いや、わたしはおゆきを何としても救い出すと願《がん》をかけた。鬼岩を逃がしてしまえば島から連れ戻すことができなくなる」

「鬼岩を追いかければ殺されるかもしれません。わたしのために、そんな危ないことはしないでください」

涙ながらに言ってすがるおゆきの手を清三郎は振り払った。

「わたしはお前を救うためにこの島へ来たのだ。どうあっても博多へ連れ戻さずにはおかない」

清三郎は鬼岩を追って走った。

沖の船から荷を下ろした小舟がゆっくりと海岸に近づいていた。漁師らしい男ふたりが乗ってひとりが櫓《ろ》をこいでいる。海岸で放たれた鉄砲の凄まじい音にもたじろぐ様子がなかった。

鬼岩はざぶざぶと海に入って、小舟に近づいていった。小舟の男たちは鬼岩の姿を見ても避けようとはせず、真《ま》っ直《す》ぐに進んできた。

又吉と松蔵も岩場を離れて浅瀬に入ると小舟に向かった。松蔵は鉄砲が濡れないように高く掲げている。

鬼岩が腰まで海につかりながら、小舟に近づいたときには、又吉と松蔵も追いついていた。鬼岩は小舟の男たちに、

「おい、おれが〈島抜け〉をしようとしているのはわかるだろう。さっさと船まで連れていけ、さもないと、あの日辰とかいう坊主をたたっ斬《き》るぞ」

と言い放った。男たちは無言で鬼岩を見返していたが、やがてひとりが言った。

「わかった。乗せていこう。だが、三人は多すぎる。あんたひとりだけだ」

男の言葉を聞いて、又吉と松蔵はわめいた。

「なんだと、ふざけるな」

「おれたちも乗せるんだ」

だが、鬼岩はふたりをひややかに見据え、松蔵に手を伸ばした。

「おい、鉄砲を渡せ」

鬼岩はどすの利いた声で言った。松蔵が戸惑いつつも鉄砲を渡すと、受け取った鬼岩はいきなり松蔵を斬った。

悲鳴をあげて海中へ沈む松蔵を見て、又吉は恐怖にかられて、逃げようとした。だが、鬼岩は追いすがって又吉の背中に斬りつけた。又吉もうめいて海中に沈んだ。そ

の様を見届けた鬼岩は小舟の男たちを振り向いた。

「これで、おれひとりだ。文句はないだろうな」

男たちは無言でうなずいた。

鬼岩は鉄砲と刀を手にしたまま男たちに引き揚げられて小舟に乗り込んだ。そのとき、波をかきわけるようにして、清三郎が近づいてきた。

「鬼岩、待て。お前を逃がすわけにはいかない」

清三郎が怒鳴ると、小舟の上の鬼岩はゆっくりと振り向いた。

「逃がさねえだと。せっかく命拾いをしておきながら、性懲りもなく追ってくるとは馬鹿な奴だ」

鬼岩は吐き捨てるように言うと刀を舟板に突き立ててから、鉄砲を清三郎に向けて構えた。

「地獄に落ちろ」

怒号とともに鬼岩は鉄砲を撃った。反動で小舟が揺れて、〈かくれ〉の男たちは舟《ふな》縁《べり》につかまった。硝煙が消えたとき、清三郎の姿はなかった。

鬼岩は小舟から身を乗り出した。

「野郎、逃げやがったか」

目をこらして海面を見ていると、舟底《ふなぞこ》から、ごつ、ごつという音が響いてきた。鬼岩が、ぎょっとして舟底を見つめると、なおも、ごつ、ごつという音がする。

「まさか、あいつ、海に潜りやがったか」

鬼岩は額に汗を浮かべて舟底を見つめたが、はっとしたように〈かくれ〉の男たちに顔を向けた。

「おい、すぐに舟を出せ。あの野郎、舟底に鑿で穴を開けるつもりでいるに違いねえぞ」

清三郎は海面に顔を出して息継ぎすると、小舟の下に潜って穴を開けようとしていた。男のひとりが櫓《ろ》に手をかけて漕ぎ出そうとしたとき、鬼岩が、うわっ、と叫んだ。

舟が激しく揺れた。

清三郎が海底に足をつけて小舟を力まかせに揺らしたのだ。鬼岩は小舟の中で倒れこむはずみに鉄砲を放り出した。鉄砲は海中へと沈んでいった。

鬼岩はうめいた。

「おのれ、なんてことをしやがる」

清三郎を狙って舟板に突き立てていた刀を杖《つえ》に立ち上がろうとした。しかし、そのとき、舟底から鑿が突き出た。舟底にひび割れが走り、海水がもれ出してきた。

〈かくれ〉の男たちは、もはや小舟が沈むと見たのか、海に飛び込んだ。鬼岩は立ち上がると、海面を見渡した。さらに舟底から鑿が突き出たのを見るなり、刀を手に海に身を躍らせた。

海中に潜り、小舟の下にいる清三郎を捜した。清三郎は小舟に取りついて穴を開けていたが、鬼岩に気づくと身構えた。

鬼岩は海底に足をつけ、刀を突きだして清三郎に体当たりしていった。清三郎もこれを避《よ》けずに鬼岩にしがみつく。

ふたりが刀と鑿を相手の体に突き立てるのが同時だった。

二十七

明るい陽がさしている。

清三郎は仏師小屋で鑿《のみ》を持ち、仏像を彫っている。

さくっ

さくっ

と音を立てて彫り進むうちに仏像ができあがっていく。一体の仏像だけではない、数多くの仏像を彫っていく。仏師小屋には清三郎が彫り上げた仏像が立ち並んでいた。

清三郎はできあがった仏像を見て、ほっとため息をつきながら、誰かに似ている、と思う。

(誰なのだろう)

そう思ううちにはっと気づいた。

——お師匠様

仏像の顔は師であり、おゆきの父でもある高坂浄雲だった。厳しい表情の浄雲がじっと清三郎を見つめている。

浄雲に背《そむ》いて勝手に京に上り、師と妻の危難の際に博多を留守にしていた自分は不肖の弟子だった、と清三郎はうなだれる思いだった。

傍らの仏像に目を転じてみると、やはり知っている顔だった。京で弟子入りした愚斎だった。苦闘の中から愚斎が彫り上げた文殊菩薩像に清三郎は打ちのめされる思いだった。

(わたしはいまだに愚斎師匠におよばない)

思えば不甲斐《ふがい》ないと歯噛みする思いだった。

仏像を彫るということは、何という難行苦行なのだろうか。何かをつかんだ、と思えば、まだ、その先がある。どこまでいっても到達するということがないのかもしれない。

そう思えば、仏像を彫るということは、ひたすら空虚なものに向かって鑿を振るうだけなのかもしれない。

そんなことを考えながら見つめた別の仏像には若い男の面影があった。

伊藤小左衛門の息子甚十郎だった。甚十郎は、

「あなたの好きなように仏像を彫ってください」

と微笑みながら、語りかけてくる。しかし、清三郎の胸には、好きなようにとはどういうことなのだろう、と戸惑いが湧いた。

どのようにであれ、好きなように彫るということはできないのではないだろうか。もし、それができたとしたら、それこそが仏と一体となって仏像を彫るということなのかもしれない。

（だが、ひとは好きなようには生きられないのだ）

そう思ったとき、甚十郎が〈抜け荷〉の罪で小左衛門とともに磔《はりつけ》にされたことを思い出した。目にしたわけではない甚十郎が処刑された姿が脳裏に浮かんだ。磔柱にくくりつけられ、血まみれになった甚十郎の顔は悲しみに満ちていた。

なぜ、甚十郎は死ななければならなかったのか、いまも清三郎にはわからない。そして仏師小屋の隅に目を遣るとひときわ大きな仏像が立っている。その荘重な威厳に満ちた顔から伊藤小左衛門が思い出された。

西国一の豪商で福岡藩と通じてひそかに〈抜け荷〉を行い、幕府にそのことを察知されると、すべての罪を背負って死んでいったひとだ。

小左衛門にも言いたかった憤りや嘆きがあったはずだ。しかし、小左衛門は口を閉ざして何も語らなかった。小左衛門には何も言わずとも伝わるものがあった。それこそが仏の道だったのではないか。

仏像という形にしなければ伝わらないと思うのが、妄念なのかもしれない。

清三郎はうっすらと目を開けた。自分がどこにいるのかわからない。粗末な作りの小屋に寝かされているようだ。

(どこだ、ここは――)

体が熱く、痛みがあった。頭がかすんだようになって、ぼんやりとしか考えられない。だが、板壁に漁網が吊るされているのを見て、漁師小屋ではないか、と思った。

なぜ漁師小屋に寝かされているのだろう、と考えると激しい頭痛がした。思わずう

めき声をあげる。傍らから、

——大丈夫ですか
と女の声がした。目を向けると、色白の美しい女が心配げに座っている。最初はわからなかったが、はっと気づいた。

「おゆき——」

熱で唇が乾いた口からかすれた声が出た。おゆきは微笑み、濡れ手ぬぐいで清三郎の顔の汗をぬぐった。

「よかった。清三郎さんは三日三晩、熱でうなされていたんです」

おゆきはほっとしたように言った。

「わたしは、どうしてここにいるんだ」

清三郎は不安げに漁師小屋の中を見回した。不意に海中で鬼岩と闘ったことを思い出した。息が苦しく夢中だった。

鬼岩が乗って逃げようとした〈かくれ〉の舟の底に鑿で穴を開けた。舟が沈みかかって海に飛び込んできた鬼岩ともみ合った。

必死の思いで鬼岩の胸に鑿を突き立てた。しかし、鬼岩の刀も清三郎に突き刺さっていた。

「わたしは助かったのか」

清三郎がつぶやくと、おゆきは嬉しげに言った。

「鬼岩の死骸《しがい》は潮で流されていましたが、昨日、岩場に流れ着きました。清三郎さんは海に浮いているところを〈かくれ〉のひとたちが見つけてくれたんです。又吉と松蔵は鬼岩に殺されたそうですが、丑五郎と竜造は深手を負いながらも死んではいませんＪ

「そうか。日辰様や吉平さんは無事だったか」

清三郎は気がかりなことを口にした。

「はい、島役人様は清三郎さんが鬼岩の〈島抜け〉を止めたので、不受不施派のひとたちのことは見て見ぬふりをするつもりのようです。わたしと吉平さんも〈島抜け〉の仲間ではないということになりました」

「それはよかった」

ほっと安堵《あんど》した清三郎は、胸にこみあげるものがあって苦しくなり、咳き込んだ。

おゆきの顔が心配げに曇った。

「清三郎さんの傷は深いので小屋まで運ぶわけにはいかず、この漁師小屋で手当てをしていたのです。でも、熱が下がったので、きょう、小屋まで運ぼうと日辰様がおっしゃっていました。小屋に戻れば十分な手当てができます。もう少しの辛抱《しんぼう》です」

おゆきの祈るような言葉に清三郎はうなずいた。

「わたしは命を拾ったようだ」

「そうですとも、いつか、わたしと一緒に博多へ戻れる日がくると思います」

おゆきは真情の籠《こも》った口調で言った。

「わたしのもとへ戻ってくれるのか」

清三郎は震える手をおゆきに差しのばした。おゆきは清三郎の手をそっと包むように握りしめた。

「ずっと、清三郎さんのところへ戻りたいと思い続けてきました」

おゆきは懐から出したものを清三郎の手に握らせた。

「これは——」

清三郎は手の中にあるものを見て目を瞠《みは》った。おゆきと夫婦になる前に彫ってやった小さな観音像だった。

「清三郎さんにもらってから、いままで肌身離さず持ち続けてきました。清三郎さんはわたしを救おうと仏像を彫り続けてくれましたが、わたしはとっくの昔にこの観音像で救われていたんです」

おゆきは涙声になっていた。

「そうか、この観音像が」

小さな観音像を見つめる清三郎の目に涙が浮かんだ。ひとを救う仏像を彫ることは難しくはない、ただ心を籠めればよいのだ、とわかった。

そのことさえできれば、仏像に仏は宿るのだ。そんな簡単なことになぜいままで気づかなかったのだろう。

清三郎はおゆきの顔を見つめた。

「博多に戻ったら、わたしの友達の牧忠太郎を頼るがいい。あいつは、きっと力になってくれる。それから、伊藤小左衛門様が遺してくださったという金子《きんす》もおゆきの助けになるだろう。吉平さんもおゆきを守ってくれるに違いない」

清三郎が言い募ると、おゆきは頭《かぶり》を振った。

「なぜ、そんなことをおっしゃるんですか。わたしは博多に戻れば、仏師の柊清三郎の妻として生きていくことができるのではありませんか。ほかの方ではなく、清三郎さんがわたしを守ってくださるんでしょう」

おゆきの言葉に清三郎ははっとした。

「そうだった。博多にはわたしがともに戻らなければいけないのだ。もうおゆきにつらい思いをさせたくない」

おゆきは観音像を持つ清三郎の手を握りしめた。おゆきの目から涙がぽた、ぽたと落ちた。

何も言えずにふたりは見つめ合った。


この日の昼下がりになって、日辰が万四郎と源兵衛、吉平とともに漁師小屋にやってきた。三人の後ろに戸板を抱えた二人の島民がついてきていた。

「おゆきさん――」

万四郎が戸口で声をかけた。おゆきは急いで戸口へと出た。日辰がにこやかに笑みを浮かべながら、

「手伝いの者たちに来てもらいました。いまから、清三郎さんをわたしの庵《いおり》まで運びますぞ」

「清三郎さんの小屋ではなくて、日辰様の庵でございますか」

おゆきは驚いて訊き返した。

「小屋では雨露がしのげるだけで、ここととそう変わりはしない。それよりもわたしの庵でゆっくりと養生《ようじょう》した方がいい」

日辰の温かな言葉におゆきは、ありがとうございます、と頭を下げた。日辰は手を振って、

「清三郎さんが命がけの働きをしてくれたから、わたしたち不受不施派にお咎《とが》めがなかったのだ。礼を言わなければならないのは、わたしたちの方ですよ」

と言った。日辰の言葉を聞いた万四郎が、嬉しげに言い添えた。

「そうだよ。おじさんにはこれからいっぱい仏様を彫ってもらわなきゃいけない。そうして亡くなったいろんなひとの魂を慰めるんだ」

吉平もうなずいて言った。

「清三郎さんはこれからおゆきさんを幸せにしてくださいます、そのことが何よりわたしは嬉しいんです」

おゆきは、明るい陽差しに包まれながら、何度もありがとうございます、と言いながら頭を下げた。

漁師小屋の中で横たわる清三郎はおゆきたちの話を聞いて胸がいっぱいになった。なすべきことがなせたようだ、と思った。

春の陽差しの中に立つおゆきの姿が目に浮かんで満ち足りた気持になった。

そのとき、息の詰まるような激しい痛みを感じた。

一瞬のことだった。命の火が消えようとしているのではないか、という思いが突然、胸に湧いた。

もう、なすべきことはしたのだ、とあらためて思った。何の悔いもない。おゆきは幸せになることができる。そのためにわたしはいた。その役目を果たしたのだ。

わたしの命の火が消えても、おゆきは嘆かないで欲しい。わたしは、いつまでも変わらず、おゆきに降り注ぐ、

——天の光

なのだ。

解説

（ライター）温水ゆかり

この時代小説『天の光』の主人公柊清三郎は、博多の仏師である。女房のおゆきを置いて修行のために京に上り、約束の三年を過ぎて帰郷してみれば、おゆきは行方しれずになっていた。

おゆきは清三郎の観音様である。観音様を彫れば、どの観音様もおゆきの顔になる。おゆきに会いたい、おゆきとまた夫婦として暮らしたい。清三郎は仏師の仕事を続けながらおゆきの姿を探して博多の街をさまよう。

本書は、時代小説の名手として名高い葉室麟さんの作品の中でも、ユニークな位置を占める作品ではないかと思う。清三郎は仏師として日夜、「仏性とはなにか」を自問自答している。いったん解を手に入れたと思っても、仏像を手がけるたびに、またあらたな気づきに捉えられる。螺旋階段をのぼっていくようなその思索の過程が、おゆきを取り戻す旅にもなっていくという両輪仕立てなのだ。

求道者の修行には終わりがない。見返りなど求めない愛もまた果てを知らず。そんなことをつぶやきたくなるが、まずはこの小説がことのほか清らかな気を発して始まるというところから、話を起こそうと思う。

柊清三郎は福岡藩の貧乏下士の家に生まれ、三男の部屋住みの身では先行きがおぼつかないと、十七歳で福岡藩の御用仏師・高坂浄雲のもとに弟子入りした。その師に、一人娘の「おゆきの婿になれ」と短く言い渡されたのは門弟になって六年、おゆき十八、清三郎二十三のときのこと。

『天の光』の出だしは、五感を目覚めさせる。

――鑿で削るたびに木の香が漂い、木屑が散った――

仏像を彫るのに使うのはクスノキである。クスは「樟」と書く。字からも分かるように、クスノキは薬効のある天然のアロマ、樟脳の原料でもある。昭和の娘達は簞笥を開けたときの母の着物で、樟脳の匂いを覚えた。

仏師小屋の近くには、クスの大樹もそびえ立っている。クスノキは繁った葉の重なりから降ってくる木漏れ日も美しい照葉樹で、照葉樹林とともに生きてきた九州人にとっての原風景だ。清三郎は自分の苗字「柊」も、照葉樹の仲間だということを知っていただろうか。

クスノキは手を当てれば木肌は温かく、耳を寄せれば、樹液の流れる〝せせらぎ〟が聞こえる。清三郎は目には見えないそんな営みを、「いのちそのものが、暗い地中から光を求めてゆっくりと上昇している」ようだと思う。

清三郎はこの木の下で、夫婦になる前のおゆきに、自分の彫った小さな観音様を手渡した。おゆきは感に堪えない声で「きれいなお顔」と見入ったが、清三郎はおゆきに似ていると思う。しかし言葉にはしなかった。おゆきは自分ひとりの観音様でいいと思って。

登場人物たちの名を、あだおろそかにするまじ。清三郎の「清」、浄雲の「浄」、おゆきの音から連想する「雪」。名には名付け親の願いがこめられている。気配の清らかさが伝わってくるような名は、邪気を払う護符になるようにと、作者が祈りながら付けたもののように見える。

そんな澄んだ世界に、「悪性《あくしょう》」という言葉がぬっと顔を出す。なぜ自分が娘婿に選ばれたのか。訝《いぶか》しく思った清三郎が師の浄雲に訳を尋ねたときのことだ。師は「お前は悪性だからな」と言う。悪党でも性悪でもなく、悪性。悪性とは一体なんのことなのか。災いを呼び寄せる気性とか気質のようなものだろうか？　祝言を挙げて一年後、京に修行に行きたいと願い出た清三郎に、師は再び言い放つ。お前はやはり悪性だ、と。

凶事が早々と彼らを襲うのがせつない。浄雲は屋敷に押し入った賊に殺され、おゆきは傍らで、凌辱された後のあられもない姿で気を失っているところを発見される。おゆきがその後姿を消したことを知るのは、清三郎が博多に戻ってきてからのことだ。清三郎は京にいる三年間、一通の文も書かなかった。戻る場所は確保しておきながら、自分の所在を知らせることには無頓着。情が薄いというよりも、皮肉を込めて言えば、自分探しに夢中だった。

清三郎は深く悔いる。自分が京に行きたいと我欲を通したばかりに師を失い、女房を酷い目に遭わせてしまった。この瞬間から、仏性のなんたるかを探求する思索と実作の旅に、おゆきを取り戻す旅が加わる。

これは書いてもマナー違反にはならないと思うが、実を言えば、おゆきは案外簡単に姿を現す。しかしそれゆえに、おゆきは所在が分からなかったときよりもいっそう遠い存在になる。

当初、清三郎はクスノキの下で光り輝くように幸福だった時代を回復しようとした。

今のおゆきに、純粋でけがれのない観音様のような昔のおゆきを見ようとした。どうして男はこういう愚かな間違いを犯すのだろうと嘆息したくなるが、おゆきはきっぱりと拒む。自分は一度死んで、この世に鬼として戻って来た女。別人だ、と。

清三郎は己の仏性を覗き込むことで、一歩一歩今のおゆきに近づこうとする。今のおゆきとは、恥辱や恨み、怒りや悲哀をかかえた生身の女だ。おゆきを探す旅と書いたが、正確にはおゆきの心に近づく旅である。

葉室麟作品は、時代小説でも現代に通じる骨格を備えていることが多い。いえ、むしろ逆かもしれない。人はいかに生きるべきか。夫婦とは、家族とは、真心とは、絆とは。現代人にとっても根源的なテーマであるはずのものが、現代のようにモザイク化した状況では置き所がない。だから、ふさわしい時と場所を借りて書いている。そんな風に思うときがある。本書は葉室麟作品の中でもユニークな位置を占めると冒頭に書いた。それは時代色よりも、清三郎の変化していく過程が、愛に迷う現代人へのメッセージであると強く意識されるからだ。

とは言え、史実に残る博多の悲劇の豪商・伊藤小左衛門、伊藤と黒田藩との暗黙の了解関係、朝鮮との密貿易、豊臣秀吉時代に七つの〈流《ながれ》〉に分けられた町々を男達が山笠をかついで駆け抜ける勇壮な祇園山笠祭りなど、十七世紀半ばの博多の世相や習俗の世界に連れて行かれるのはやはり楽しい。仏像の見方や仏教知識のほかに、仏教の分派にキリシタン同様弾圧された「不受不施派」というものがあったことなどは、恥ずかしながら今回初めて知った。

我々はどんなに孤独のうちに沈んでいても、決して一人では生きていないと、つくづく思う。清三郎の幼馴染み牧忠太郎の友情、伊藤小左衛門の剛胆な腹の括り方、小左衛門の子息・甚十郎の優しい心遣い、おゆきが島流しにされる姫島への密航を手伝ってくれた万四郎少年の人なつっこさや利発さ。姫島で、清三郎とおゆきは真に出会う。そしてここにも名付けの魔法が効いたこれぞ悪党、鬼岩との対決があり、その先には衝撃的なシーンが待っている。

この『天の光』の寓意を私なりの言葉にすれば、〝愛とは寄り添うこと〟だろうか。抽象的な言葉なら「慈悲」である。生のほとんどは悲哀でできている。悲哀をかかえた生身の相手を丸ごと包み込み、その「悲」に寄り添って生きる。相手の幸福だけを願って。そんな生き方などしたことがない見返り乞食の私は、慈悲の心を持った者だけに降り注ぐ天の光に憧れる。

二〇一六年十一月

この作品は2014年6月徳間書店より刊行されました。

徳間文庫

天《てん》の光《ひかり》

2016年12月15日 初刷
2018年10月31日 2刷

著者 葉《は》室《むろ》麟《りん》

発行者 平野健一
発行所 株式会社 徳間書店
東京都品川区上大崎三—一—一
目黒セントラルスクエア 〒141—8202
電話 編集〇三(五四〇三)四三四九
販売〇四八(四五一)五九六〇
振替 〇〇一四〇—〇—四四三九二
印刷 本郷印刷株式会社
製本 株式会社宮本製本所

ISBN978-4-19-894177-2

徳間文庫の好評既刊

山本一力

夢曳き船

材木商の陣左衛門《じんざえもん》は途方に暮れていた。請け負った熊野杉《くまのすぎ》が時化《しけ》で流され、熱田湊《あつたみなと》にある残りも先払いがないと動かせない。事情を知った壊し屋稼業の晋平《しんぺい》は話を渡世人のあやめの恒吉《つねきち》につなぐ。先払いの四千両を恒吉が持ち、杉を江戸に廻漕《かいそう》できれば四千両の見返り。しくじれば丸損。恒吉は代貸の暁朗《あけろう》に一切を任せて熱田湊に送り込む。商人《あきんど》の矜持《きょうじ》に渡世人気質《かたぎ》が助っ人して乾坤一擲《けんこんいってき》の大勝負！